HÉSIODE ÉDITIONS

EDWARD BULWER-LYTTON

Le Maître d'école assassin

Hésiode éditions

© Hésiode éditions.

1 rue Honoré - 93500 Pantin.
ISBN 978-2-38512-046-7
Dépôt légal : Octobre 2022

Impression Books on Demand GmbH

In de Tarpen 42
22848 Norderstedt, Allemagne

Le Maître d'école assassin

Le 3 août 1759 était une belle journée, calme et claire. C'était celle qui avait été fixée pour le jugement d'Eugène Aram. Éléonore entra dans la chambre de Madeleine, sa sœur, et la trouva assise devant son miroir, occupée à arranger avec un soin extrême sa luxuriante chevelure.

– J'aurais désiré, dit Madeleine, vous voir prendre vos plus beaux vêtements, comme pour un jour de fête. Comme vous le voyez, je prends moi-même ceux que j'aurais dû porter le jour de mon mariage.

Éléonore tressaillit. Est-il rien de plus terrible que de voir les signes extérieurs de la gaîté accompagner la réalité la plus douloureuse ?

– Oui, reprit Madeleine avec un sourire d'une douceur inexprimable, un peu de réflexion vous prouvera que si nous devons prendre le deuil, ce n'est point en un jour comme celui-ci. C'était l'attente sans but qui nous rongeait le cœur ; s'il est acquitté, comme je le crois, comme je l'espère, voyez combien cette toilette de fête sera en rapport avec notre joie. S'il ne l'est pas, je rentrerai en toilette de mariée, à la maison où nous devions habiter après le mariage… Ah ! ajouta-t-elle, après un court silence, et d'une voix où perçait une gravité soudaine, vous souvenez-vous de ce qu'Eugène nous disait un jour ? que quand on descend à midi jusqu'au fond d'un puits, on peut alors apercevoir les étoiles, qui sont invisibles en plein jour pour celui qui a les pieds sur le sol. Maintenant même, des profondeurs de notre souffrance, surgissent des apparitions célestes qui se dessinent clairement devant mes yeux… Et je sais, j'ai vu, je le sens ici, ajouta-t-elle en appuyant sa main sur son cœur, je sens que ma course est finie ; il ne reste plus qu'un peu de poussière dans le sablier ; dépensons avec courage et sans les compter, ces derniers instants. Restez ici, Éléonore. Vous voyez ces pauvres pétales de roses flétries ; c'est Eugène qui me les donna, le jour… la veille du jour qui avait été fixé pour notre mariage, et je devais les porter à cette occasion. Comme elles étaient fraîches, ces pauvres fleurs, quand il les cueillit ! j'en ai séché la rosée par mes baisers, et voyez dans quel état elles sont maintenant ! Mais, allons ! ce sont là des enfantillages, il ne faut pas que nous soyons en retard ; aidez-moi, Éléonore, hâtez-vous, faites diligence. Voyons, vous dis-je, je vous ai déjà dit que je veux être parée aujourd'hui comme pour un jour de fête.

Et lorsque Madeleine fut habillée, quoique ses vêtements fussent devenus trop larges pour sa personne amaigrie et épuisée par la douleur, elle se tenait droite, regardant Éléonore avec un sourire plus attristant que des larmes, et jetant ensuite un coup d'œil au miroir. Jamais sa beauté n'avait eu un caractère plus imposant, plus élevé ; elle avait sans doute l'air d'une fiancée, mais d'une fiancée que n'attend pas un mariage terrestre. À ce moment, elles entendirent frapper à la porte, mais comme d'une main tremblante et irrésolue ; c'était leur père, le vieux Lester, qui s'annonçait ainsi, et qui venait leur demander si elles étaient prêtes.

– Entrez, père, dit Madeleine d'une voix reposée et même gaie.

Le vieillard obéit.

Il jeta un regard silencieux sur la toilette blanche de Madeleine, puis sur son propre vêtement, qui était un vêtement de deuil ; ce regard en disait bien long, mais pas un mot n'en vint atténuer l'expression de la part des trois personnes qui étaient présentes.

– Oui, père, dit Madeleine, rompant enfin le silence par une réponse à cette interrogation muette, nous sommes prêtes. La voiture est-elle ici ?

– Elle attend devant la porte, mon enfant.

– Viens alors, Éléonore, viens, dit Madeleine en s'appuyant sur le bras de sa sœur, et se dirigeant vers le seuil. Parvenue là, elle s'arrêta, et jeta un regard autour de la chambre.

– Vous avez oublié quelque chose ? demanda Éléonore.

– Non, je ne voulais que faire mes adieux à cette maison, dit Madeleine d'une voix douce et touchante, et maintenant, avant de la quitter, mon père, ma sœur, j'ai encore un mot à vous dire : Vous avez toujours été bons, très bons pour moi dans cette épreuve difficile, et je ne saurais laisser passer ce jour sans vous remercier. Éléonore, mon amie de cœur, ma sœur chérie, vous qui avez partagé mes jeux lorsque j'étais gaie, vous qui m'avez rendu le courage, quand j'étais dans le chagrin, vous qui m'avez soignée quand j'étais malade, et cela depuis l'époque où nous n'étions l'une et l'autre que des enfants, nous avons causé ensemble, ri et pleuré ensemble, nous avons connu les pensées l'une de l'autre, et nous savons qu'il n'est aucune de ces pensées dont nous ayons à rougir devant Dieu… Nous allons nous séparer… Ne me retenez pas : il faut qu'il en soit ainsi, je le sais. Mais quand un certain temps se sera écoulé, puissiez-vous retrouver le bonheur, puissiez-vous retrouver l'entrain et la plénitude de la vie ! Serez-vous heureuse ? Je le souhaite plus que je ne l'espère. Vous êtes faite pour connaître l'amour et le foyer domestique, pour contracter ces liens que vous désiriez pour moi. Dieu veuille que j'aie souffert pour nous deux, et que lorsque nous nous reverrons, vous puissiez me dire que vous avez été heureuse ici.

… Et vous, mon père, que vous dirai-je, reprit Madeleine en s'arrachant à l'étreinte de sa sœur en larmes, et tombant à genoux devant le vieux Lester, qui s'adossait à la muraille, près de succomber à son émotion, et se cachait la figure de ses mains, que puis-je vous dire ? Vous qui dès ma plus tendre enfance, ne m'avez jamais dit une parole sévère, vous qui avez toujours fait céder l'autorité paternelle devant l'amour paternel ; comment vous dire ce que je ressens pour vous ? Comment vous exprimer ce qui remplit mon cœur, et ces souvenirs qui surgissent en foule et m'étouffent ? Le temps viendra où vous verrez autour de vous les enfants d'Éléonore, et où la pauvre Madeleine ne sera plus pour vous qu'un souvenir. Mais eux, ils veilleront sur vous, ils vous soigneront, ils défendront vos cheveux gris contre le chagrin, ils feront ce que j'avais espéré faire moi-même.

– Mon enfant ! mon enfant ! vous me brisez le cœur, bégaya enfin le pauvre Lester, après de vains efforts pour raffermir sa voix.

– Donnez-moi votre bénédiction, mon cher père, dit Madeleine, dominée elle aussi par son émotion, placez votre main sur ma tête, bénissez-moi, dites-moi que si jamais je vous ai causé un moment de chagrin, sans le vouloir, je suis pardonnée.

– Pardonnée ! répéta Lester, en relevant sa fille dans ses bras faibles et tremblants, et laissant tomber ses larmes sur la joue de Madeleine ; jamais je n'ai mieux senti la présence d'un ange à mon côté, mais sois courageuse, console-toi. Il se peut que le ciel nous ait réservé pour aujourd'hui même notre récompense, et qu'Eugène revienne au milieu de nous libre, acquitté, triomphant.

– Ah ! dit Madeleine, comme si ces paroles lui rendaient le sentiment de la situation, hâtons-nous, pour voir l'accomplissement de votre prédiction. Oui, oui, il faut que cela soit, il le faut… Puis elle ajouta d'une voix creuse, comme si son enthousiasme avait été atteint par une pensée soudaine : sans mon rêve, je croirais que cela se passera ainsi : mais partons ; maintenant je suis prête.

La voiture s'avança lentement à travers la foule qu'avait réunie la nouvelle du procès, mais les rideaux furent tirés, le père et la fille échappèrent ainsi au pire des supplices, aux regards indiscrets et curieux des étrangers. Des places leur avaient été réservées dans la salle d'audience ; lorsqu'ils descendirent de voiture et entrèrent dans ce lieu redoutable, la figure patriarcale de Lester, les deux figures voilées et frissonnantes qui se tenaient auprès de lui, arrêtèrent tous les yeux. Ils gagnèrent enfin leurs places, et bientôt après, le mouvement qu'on entendit au dehors détourna d'eux l'attention. C'était la Cour qui faisait son entrée. Le premier témoin parut, prêta serment, et enfin ce fut le tour d'Aram, qui fut conduit à la barre des accusés.

Lester et ses deux filles voyaient enfin le prisonnier. Madeleine éprouva un violent battement de cœur. Mais aussitôt, poussant un profond soupir, elle se remit, et resta immobile, calme, fixant ses yeux sur la figure d'Aram. La contenance du jeune homme était celle qu'il fallait pour rendre du courage à Madeleine, et ajouter un sentiment d'orgueil à la sympathie profonde qu'elle éprouvait, avec une sorte d'élan, de spasme lancinant. Sans doute, on apercevait sur la physionomie du jeune homme quelques traces incontestables de ses souffrances ; la bouche surtout, autour de laquelle l'inquiétude écrit le plus profondément ses alternatives, était restée plissée de rides ; quelques cheveux gris apparaissaient déjà parmi les boucles brunes et ondoyantes de son épaisse chevelure ; avant son emprisonnement, il paraissait beaucoup plus jeune qu'il ne l'était réellement, mais depuis, on eût aisément cédé à l'illusion contraire, pour lui donner plusieurs années de plus, mais l'éclat particulier et si remarquable de son regard n'avait rien perdu de sa force ; son vaste front était resté blanc : il ne présentait pas l'ombre d'une ride, et gardait toujours son air calme et imposant. Avec sa haute taille, sa sérénité impassible, il dominait la foule, la scène, le juge, promenant son regard devant lui et autour de lui. Parmi ceux-là même qui le croyaient coupable, ce respect involontaire et irrésistible qu'inspire toujours la fermeté du caractère, faisait naître un intérêt puissant en sa faveur, et chacun, sans se douter de ce qu'il éprouvait, se laissait aller à l'espérance d'un acquittement.

Un témoin, Houseman, fut appelé. Il était impossible de le regarder sans ressentir un mouvement de méfiance et une secrète antipathie. Chez les hommes enclins à la cruauté, on trouve presque toujours dans la physionomie un trait qui rappelle quelque animal. L'assassin et le débauché ont souvent la même conformation physique ; le cou de taureau, les lèvres épaisses, le front fuyant, l'œil remarquable par son expression sauvage et son extrême mobilité, tous ces détails qui vous font penser à l'aspect que présente un buffle au moment même où il va devenir dangereux, sont les signes extérieurs qui annoncent une nature animale dans sa rudesse, quand rien n'a pu l'adoucir, l'apprivoiser, la discipliner, une nature qui ne connaît que les impulsions premières, et n'obéit qu'à ces impulsions, soit qu'elles lui commandent le plaisir, ou qu'elles demandent un acte de violence. Et cette expression animale était gravée profondément dans tous les traits de la physionomie de cet homme, où elle était encore accentuée par je ne sais quoi qui indiquait une intelligence bornée et une certaine lâcheté de caractère.

Il prit la parole, et d'une voix hésitante, entrecoupée, celle d'un complice qui pour sauver sa vie dénonce le crime commun, il raconta le fait… Dans la nuit du 7 au 8 janvier 1744, à onze heures moins quelques minutes, il était entré chez Aram ; il avait causé de choses et d'autres, pendant une heure environ ; trois heures après, accompagné d'un certain Clarke, il avait passé auprès de la maison qu'habitait Aram. Celui-ci était dehors, comme s'il se disposait à rentrer chez lui. En les voyant, il les avait invités à entrer. Ils avaient obéi. Clarke, qui se proposait de quitter la ville avant le lever du soleil, dans le but de cacher une certaine somme qu'il possédait, était sur le point de partir ; Aram lui proposa de l'accompagner jusqu'au dehors de la ville. Aram, et lui, Houseman, partirent avec Clarke ; lorsqu'ils furent arrivés dans l'endroit où se trouve la caverne de Saint-Robert, Aram et Clarke y pénétrèrent après avoir franchi une haie ; lorsqu'ils eurent fait huit ou dix pas dans la caverne, il vit Aram se disputer avec Clarke, il vit Aram frapper Clarke à plusieurs reprises. Clarke tomba pour ne plus se relever. Il ne vit pas l'instrument dont Aram s'était servi, il ne savait pas qu'Aram eût une arme quelconque sur lui ; sur cela, sans intervenir, sans donner l'alarme, il prit la fuite, et rentra chez lui ; le lendemain, s'étant rendu chez Aram, il lui demanda ce qui s'était passé, quelle affaire il avait eue avec Clarke, la nuit d'avant ; Aram, au lieu de répondre à ces questions, l'avait menacé, dans le cas où il dirait qu'il avait été avec lui et Clarke, et avait juré que si Houseman ne gardait pas le silence, lui, Aram se vengerait, ou serait vengé par une autre personne. Telle fut en somme la déposition de Houseman.

Ensuite on entendit un certain M. Beckwith : il déclara que l'on avait fait des fouilles dans le jardin d'Aram, à raison de certains soupçons vagues, qui lui imputaient un rôle dans les vols commis par Clarke, et que les fouilles avaient amené la découverte de quelques lambeaux de toiles et d'étoffes vendus par Aram à Clarke quelque temps auparavant.

Le troisième témoin fut un veilleur de nuit, nommé Thomas Barnet ; il déposa qu'un peu avant minuit, c'est-à-dire vers onze heures du soir, il avait vu quelqu'un sortir de chez Aram ; cette personne avait un grand manteau, dont elle avait mis le capuchon sur sa tête ; cette personne l'ayant ensuite rabattu, Thomas Barnet avait reconnu Houseman, à qui il s'était contenté de souhaiter bonne nuit.

Les agents, qui avaient exécuté le mandat d'arrêt lancé contre Aram, rapportèrent quelques mots qui lui étaient échappés à ce moment-là, et d'autres qu'il avait dits avant d'arriver à Knaresborough, mais on n'y attacha aucune importance.

Après ce témoignage, l'audience fut suspendue un instant, puis reprise ; un frisson d'horreur agita le public : c'était le frisson qui s'empare de toute foule en présence de restes humains : le témoin qui comparaissait alors était un témoin muet : c'était le crâne de la victime. Sur le côté gauche se voyait une fracture telle qu'eût pu la produire un instrument mousse ; l'os était brisé, et le fragment ne pouvait être remis à sa place que par une main se mouvant à l'intérieur du crâne.

Le chirurgien, M. Locok, qui avait apporté la pièce, exprima l'avis qu'une telle fracture ne pouvait être la conséquence du séjour prolongé dans le sol, qu'elle devait être le résultat immédiat d'un coup porté avec l'instrument qui avait été déterré en même temps que le crâne, et après un long séjour sous terre.

C'était le témoignage plus considérable contre Aram ; nous laissons de côté des détails moins importants, qui terminèrent cette partie de l'audience. On posa alors à Aram la terrible et embarrassante question : « Qu'avait-il à répondre ? »

Jusqu'à ce moment Aram avait gardé toute son impassibilité ; ses yeux noirs et perçants s'étaient fixés successivement sur chacun des témoins qui étaient venus déposer contre lui, puis ils s'étaient abaissés de nouveau. Mais alors une légère teinte de rougeur passa sur ses joues ; il parut rassembler ses forces et les concentrer pour la défensive. Il jeta un regard sur le tribunal, comme pour juger de l'impression qu'on éprouvait à son égard, puis ce regard s'arrêta sur les cheveux gris de Lester, qui les yeux dirigés vers le sol, se cachait la figure avec ses mains. Mais à côté du vieillard se dressait la silhouette imposante de Madeleine, pareille à une statue de marbre ; même à la grande distance où il se trouvait d'elle, il pouvait apprécier l'intense attention qu'elle apportait à cette scène. Lorsqu'elle saisit ce regard, et vit dans ces yeux une telle profondeur d'amour, de pitié, de compassion pour elle, un vague sourire d'encouragement, de triomphe anticipé apparut sur les lèvres de la jeune fille, et donna à sa physionomie cette expression que les vieux maîtres d'autrefois, fidèles imitateurs de la nature, employaient pour rendre la lutte de l'espérance et l'angoisse de la terreur.

– Mylord, dit alors Aram, dont la défense remarquable existe encore, et est considérée comme un chef-d'œuvre d'habileté chez un homme qui plaide sa propre cause dans de telles circonstances, Mylord, je ne sais si c'est en vertu de mon droit ou grâce à l'indulgence de Votre Seigneurie, que j'ai la liberté de me défendre à cette barre : je n'ai point l'expérience nécessaire pour prononcer un discours en forme. Mais quand je vois tant d'yeux fixés sur moi, un auditoire aussi nombreux, aussi imposant, dominé par je ne sais quelle attente, je suis accablé non sous le poids d'une faute, mais par l'embarras. En effet je ne me suis jamais trouvé en présence d'un tribunal comme celui-ci, je suis complètement ignorant en matière de loi, je n'entends rien aux usages du barreau, et aux mesures judiciaires ; je crains donc de ne pouvoir présenter ma défense en termes parfaitement convenables, avec l'à-propos nécessaire, et je me demande même si je serai en état de dire quelques mots.

« J'ai entendu, mylord, l'accusation qu'on porte contre moi, et d'après laquelle je serais coupable du plus grand crime qu'un homme puisse commettre. Vous voudrez donc bien m'écouter avec patience, si étant inhabile comme je le suis, privé d'amis, n'ayant point d'avocat pour me conseiller, je tente de vous soumettre quelques arguments pour ma défense. Je n'ai que peu de chose à dire, et cette brièveté même sera ma meilleure défense.

« Mylord, l'ensemble de ma vie est en opposition directe avec l'accusation. Quel est l'homme qui, connaissant à fond tout mon passé, peut m'imputer aucun vice, aucun crime ? Non, je n'ai point formé de projets de fraude, je n'ai point entrepris d'acte de violence, je n'ai fait tort à aucun, dans sa personne ou dans ses biens. Mon existence s'est écoulée dans un labeur honnête, mes nuits ont été consacrées à l'étude la plus appliquée. Cet éloge que je fais de moi-même n'a rien de présomptueux, rien qui choque la raison. Quel homme, après toute une vie de tempérance, après des années employées à penser et à agir droitement, et sans qu'on ait à lui reprocher le moindre écart dans sa conduite, est capable de se précipiter du premier coup dans l'abîme du crime, et d'en atteindre aussitôt toute la profondeur ? L'homme ne se corrompt pas soudainement ; le crime est précédé par des fautes dont la culpabilité va par degrés ; ce n'est que pas à pas qu'on descend.

« Si ma vie, considérée dans son ensemble, contredit l'accusation, ma santé, à l'époque dont il s'agit, la contredit bien plus fortement encore. Peu de temps auparavant j'étais alité, après avoir traversé une longue et cruelle maladie. Cet état a disparu fort lentement, et seulement en partie ; bien loin d'être en parfaite santé à l'époque qu'on indique, je ne me suis jamais bien remis jusqu'à présent. Un homme dans l'état où je me trouvais alors, est-il capable d'avoir commis un acte de violence contre un autre homme ? Moi, faible, convalescent, aurais-je pu sans aucun motif qui me déterminât, sans aucune disposition pour m'encourager, sans arme pour exécuter une telle action, comment aurais-je pu la commettre ?

« Mylord Clarke a disparu c'est vrai, mais cela prouve-t-il qu'il soit mort ? L'erreur à laquelle on s'exposerait en soutenant de telles conclusions est manifeste, j'en ai bien des exemples à vous citer, mais je me bornerai à un seul, parce qu'il s'est passé dans ce château même.

« En juin 1757, William Thompson, malgré toute la vigilance avec laquelle il était surveillé, malgré les doubles chaînes dont il était chargé, s'est échappé en plein jour. Quoiqu'on ait lancé immédiatement à sa poursuite, quoiqu'on ait répandu partout son signalement, tout a été inutile ; on n'a jamais entendu parler de lui. Si cet homme a pu se glisser invisiblement à travers tant d'obstacles, combien il a été plus facile pour Clarke de disparaître, alors qu'il n'avait point à vaincre autant de difficultés. Et cependant qui aurait voulu entreprendre d'accuser celui qui aurait été vu en dernier lieu avec William Thompson ?

« L'on a découvert ces ossements. Dans quel endroit ? De tous les endroits auxquels on peut songer, il n'en est qu'un auquel on peut s'arrêter quand il ne s'agit pas d'un cimetière : c'est un ermitage. Au temps jadis, un ermitage n'était pas seulement une retraite pour quiconque voulait se livrer à la solitude religieuse ; c'était encore un lieu de sépulture. Jamais on n'a entendu dire qu'il y ait eu un ermitage, et qu'on n'y ait point découvert à une époque ou à une autre, quelques débris humains, tantôt mutilés, tantôt entiers. Permettez-moi de rappeler à Votre Seigneurie que ce lieu-là était connu comme la retraite d'un saint, et que l'ermite ou l'anachorète, en y habitant, espéraient qu'après leur mort, leurs ossements seraient assurés d'un repos éternel, dans l'endroit même où ils avaient vécu en repos. Je vois surgir dans ma mémoire quelques preuves démontrant que ces cavernes ont servi à abriter des morts, et qu'il en existe plusieurs qui sont semblables à la caverne de Saint-Robert. »

Le prisonnier cita alors, avec un à-propos remarquable, plusieurs localités où l'on avait exhumé des ossements humains, dans des circonstances analogues, et le lecteur, s'il se souvient que d'après la loi, toute accusation d'homicide doit être basée sur la découverte du cadavre, comprendra combien il importait à l'accusé d'insister sur ce point. Aram cita deux exemples de squelettes déterrés dans des champs aux environs de Knares-Borough, et reprit sa défense en ces termes :

– Mylord, est-ce qu'on oublie, est-ce qu'on dissimule ces découvertes, quand on représente comme un fait extraordinaire la découverte qui me concerne ? Qu'il soit extraordinaire ? C'est pourtant un événement assez fréquent. Il n'est pas d'endroit qui ne renferme des restes de ce genre. Les champs, les collines, les fossés des grandes routes, les terrains vagues, les biens communaux en contiennent fréquemment dont l'existence n'est révélée que par le hasard. Et remarquez ceci : c'est que chaque découverte ne fait trouver qu'un seul squelette. Toutes les fois qu'on en a trouvé deux ensemble, en Grande-Bretagne, le fait a paru suspect et extraordinaire ; mais il fallait cette circonstance pour que l'attention fût frappée. Avons-nous oublié combien il fut difficile de se prononcer dans le cas de Perlkins Warbeck et de Lambert Simnell pour déterminer leur identité, alors qu'ils étaient vivants, et nous déciderons-nous avec plus de hardiesse en présence d'ossements, qui ne révèlent pas même le sexe de la personne à laquelle ils ont appartenu ? Comment savez-vous même si c'est là le squelette d'un homme ? Un autre laboureur a exhumé un second squelette : n'a-t-on pas affirmé avec autant d'assurance que c'était celui de Clarke ?

« Mylord, faut-il rendre les vivants responsables de tous les ossements que la terre a cachés et que le hasard a découverts ? Le crâne que l'on montre a été déclaré fracturé : mais qui est en état de préciser la cause de la fracture ? En mai 1732, quand on exhuma les restes de William, lord archevêque de cette province ; les ossements furent trouvés brisés, et le crâne était dans le même état que celui qu'on vous présente. Et pourtant l'archevêque était mort de sa mort naturelle ; aucune violence n'avait été commise. Que l'on réfléchisse, et l'on verra combien cette fracture s'explique aisément. Lorsque la Réforme ferma les monastères de ce pays, les effets destructeurs de cette révolution atteignirent à la fois les morts et les vivants, l'on se mit à chercher des trésors imaginaires, et pour cela on ouvrit les cercueils, on démolit les caveaux funéraires, les tombes, soit dans les cimetières, soit dans les églises ; le Parlement fut même obligé d'intervenir pour mettre un terme à ces déprédations. Et faut-il donc que nous ayons à expier les iniquités de cette époque. Dans le pays même où nous sommes, il y avait un château qui fut l'objet d'un siège en règle : tous les environs ont été le théâtre de combats acharnés, de fuites, de poursuites. Les victimes furent ensevelies dans les endroits où elles étaient tombées. Quelle est la place qui ne puisse servir de tombeau en temps de guerre ? Quelle quantité d'ossements ne reste-t-il pas à découvrir dans la suite des temps ? Pouvez-vous, parmi tant de chances probables, choisir arbitrairement celle qui est la moins plausible ? Pouvez-vous imputer aux vivants ce que peut avoir fait un excès fanatique de zèle ?

« Mais considérons le cas particulier dont il s'agit ici : peut-il y avoir des griefs plus faibles, plus fragiles ? Je dédaigne même d'y faire allusion. Je ne m'abaisserai pas à insister. Le témoignage d'un seul homme, qui a été, lui-même condamné ? Ne peut-il pas se faire qu'il mette ma vie en danger simplement pour sauver la sienne ? N'y a-t-il aucune probabilité pour qu'il ait lui-même commis le meurtre, en supposant même qu'il y ait eu un meurtre commis ? Il déclare qu'il m'a vu frapper Clarke, qu'il l'a vu tomber. Et cependant il n'a rien dit, il n'a poussé aucun cri d'alarme. Il déclare qu'il ignore ce que le corps est devenu, et cependant il a dit en quel endroit les ossements se trouvaient. Il déclare qu'il est rentré seul et directement chez lui, et pourtant la personne chez qui j'étais logé à cette époque déclare qu'alors je suis rentré en compagnie de Houseman. Quant aux autres témoins, voyons-les : le veilleur de nuit affirme qu'il a vu pendant la nuit Houseman sortir de chez moi. C'est peu probable, mais enfin quel rapport y a-t-il entre ce fait et le meurtre réel ou prétendu de Clarke ? Qui se hasarderait à confirmer par serment une assertion aussi vague ? L'on dit aussi qu'on a trouvé dans mon jardins quelques débris d'étoffe. Mais qui peut prouver qu'ils appartenaient à Clarke ? Et si on les a réellement trouvés, qui prouve que c'est moi qui les ai enterrés ? Combien il est plus vraisemblable que le véritable assassin, s'il y en a un, a cherché à les cacher, non chez lui, mais dans un terrain appartenant à un autre ?

« Vous voyez combien ces témoignages sont peu concluants et combien les dépositions même les plus précises, les plus explicites laissent de prise à la critique. Qu'on en fasse des probabilités, qu'on leur accorde le plus haut degré de probabilité, elles sont et resteront des probabilités. Rappelez-vous l'affaire des deux Harrison, telle qu'elle est rapportée par le docteur Howell ; tous deux furent exécutés à la suite de témoignages matériels, au sujet de la disparition d'un homme, qui après avoir emprunté de l'argent, comme Clarke, avait quitté le pays à l'insu de tout le monde. Et cet homme revint plusieurs années après l'exécution. Vous rappellerai-je Jacques du Moulin, au temps de Charles II ? Et le malheureux Coleman, qui fut convaincu, mais dont l'innocence fut reconnue dans la suite, et dont les enfants périrent de misère, parce qu'on avait cru leur père coupable ? Vous rappellerai-je encore le parjure de Smith, qui, appelé en témoignage, sauva sa vie en accusant Fain Coth et Loveday d'avoir assassiné Dunn ? Le premier fut exécuté, et le second allait subir le même sort quand le parjure de Smith fut découvert et prouvé d'une manière indiscutable.

« Maintenant, Mylord, que je me suis efforcé de démontrer que tout l'ensemble de cette accusation est insoutenable devant tout l'ensemble de ma vie, qu'elle est incompatible avec l'état de ma santé à cette époque, que la disparition d'un individu n'est point un motif suffisant pour permettre d'affirmer qu'il est mort, que me reste-t-il à dire ? Je n'ai qu'à tirer une conclusion que j'attends avec autant de raison que d'impatience. Après un an de prison préventive, je me suis résigné à mon sort quel qu'il soit, et je m'en rapporte à la probité, à la justice, à l'humanité de Votre

Seigneurie et à celle de mes compatriotes, messieurs les jurés. »

Le prisonnier se tut, pendant que la foule laissait éclater ses sentiments longtemps comprimés de sympathie, de compassion, de regret, d'admiration, et que tous se communiquaient leur désir et leur espérance de voir le procès se terminer par un acquittement.

Deux personnes étaient seules à éprouver une sensation de malaise, comme si le prisonnier n'avait pas répondu entièrement à ce qu'elles attendaient de lui. La première des ces personnes était Lester, qui comptait sur un plaidoyer plus chaud, plus sérieux, peut-être aussi sur une défense moins ingénieuse, moins arrangée. Il avait espéré qu'Aram s'étendrait davantage sur les contradictions et les invraisemblances que renfermait la déposition de Houseman ; que surtout Aram expliquerait d'une manière plus satisfaisante certains points restés obscurs, en ce qui concernait ses relations suspectes avec Clarke, et sa sortie avec le défunt dans la nuit.

Il avait écouté avec angoisse la plaidoirie du prisonnier, guettant chaque mot comme si ce mot allait faire pressentir l'explication attendue, et quand Aram se tut, l'angoisse de Lester fit place à un abattement profond, à un désappointement qui persista longtemps dans son esprit. Mais Aram avait abordé avec tant de légèreté, tant de facilité, ces témoignages portés contre lui, que son silence pouvait s'interpréter comme l'effet du dédain, sentiment naturel à un caractère aussi fier et aussi calme que le sien.

Quant à l'autre personne à laquelle nous avions fait allusion, et qui n'avait point paru plus satisfaite, plus convaincue de la vérité de cette plaidoirie, c'était la personne même qui devait décider du sort du prisonnier, c'était le magistrat.

Pour Madeleine !... De quelle exaltation est capable un cœur de femme, quand il s'agit de l'innocence de celui qu'elle aime.

Ses joues, pâles jusqu'alors, s'éclairèrent pour aussi dire de nuances pourpres, et l'air joyeux et fier, l'œil brillant, elle se tourna vers Éléonore, lui serra la main en silence, et reporta ensuite toute son attention sur la marche de la terrible procédure.

Le juge prit la parole. Il est fâcheux que l'on n'ait point conservé les minutes de ce procès, et qu'il n'en reste que le plaidoyer de l'accusé. Le sommaire du magistrat fut regardé à cette époque comme une pièce presque aussi remarquable que la défense d'Aram. Il développa avec le plus grand soin devant les jurés le sens précis des dépositions faites par les témoins ; il fit observer que leurs dépositions confirmaient celles de Houseman ; il s'attacha aux contradictions signalées dans cette dernière, et montra combien ces contradictions étaient naturelles et inévitables, quoiqu'elles n'ôtassent pas au fait lui-même sa valeur essentielle. Il examina l'opinion que Houseman avait été complice du crime, cela expliquait pourquoi il n'avait point donné l'alarme, et appelé au secours. Il parla ensuite du plaidoyer qu'avait prononcé Eugène Aram ; celui-ci, comme si son innocence devait être son génie protecteur, avait dédaigné de prendre un avocat, même comme conseil, n'avait point assigné de témoins ; il fit un éloge magnifique de l'éloquence et du talent déployés par l'accusé, et détruisit tout l'effet de cet éloge en invitant les jurés à se tenir en garde contre cette éloquence, contre ce talent ; il termina en déclarant que selon lui, Aram n'avait produit aucun argument décisif pour anéantir les charges portées contre lui.

J'ai souvent entendu dire par des hommes qui ont l'expérience des cours d'assises, que rien n'est plus surprenant que le changement produit dans les dispositions des jurés par le simple résumé du magistrat. Les jurés échangèrent ce regard fatal où l'accusé peut lire sa condamnation prononcée d'avance à l'unanimité.

Eugène Aram fut déclaré coupable.

Le juge se coiffa de sa toque noire.

Aram reçut la sentence avec un sang-froid impassible. Avant de quitter sa place, il se dressa de toute sa hauteur, et jeta autour de lui un regard plein de ce courage, de cette assurance naturelle qui font passer un frisson en ceux sur lesquels il se fixe. C'était une âme qui se resserrait sur elle-même, sans effort, sans convulsion, sans cette hypocrite audace qui confine à l'impertinent dédain ; avec majesté plutôt qu'avec amertume, paraissant braver le destin, et non insulter au jugement prononcé par des hommes, s'enveloppant dans le calme de sa force, et non dans un méprisant oubli d'un autre cœur que brisait le désespoir.

– Soutenez-moi encore quelques pas, et cela ira mieux, dit Madeleine… Ah ! maintenant, je me sens bien, je suis tout à fait remise.

Éléonore releva un peu le store de la voiture pour donner de l'air, elle en profita aussi pour donner au cocher l'ordre d'aller plus vite. Elle avait saisi dans la voix de Madeleine un changement qui l'inquiétait.

– Combien son regard était ferme ! Vous l'avez vu sourire ! reprit Madeleine comme si elle se parlait à elle-même. Et cependant ils le mettront à mort. Voyons, cette semaine,… dans huit jours à compter d'aujourd'hui nous nous reverrons.

– Plus vite, je vous en prie, Éléonore, dites-lui d'aller plus vite, s'écria Lester, en sentant que le corps de sa fille, qui reposait sur sa poitrine, s'abandonnait, devenait plus lourd.

On se hâta, la maison était en vue, maison désormais solitaire et mélancolique. Le soleil se couchait lentement, et Éléonore abaissa les stores pour protéger les yeux de sa sœur contre l'éclat des derniers rayons.

Madeleine s'aperçut de cette attention ; elle eut un sourire. Éléonore lui essuya les yeux et essaya, elle aussi, de sourire. La voiture s'arrêta. On aida Madeleine à descendre ; soutenue par son père et sa sœur, elle se tint un instant debout sur le seuil. Elle considéra le large disque d'or du soleil, les légers atomes qui voltigeaient dans ses rayons. Toute la contrée était comme endormie dans une paisible immobilité, dans le calme de la vie champêtre.

« Non, non, murmura-t-elle en serrant les mains de son père, qu'est-ce que cela veut dire ? Ce n'est pas sa main à lui ! Ah ! non, non, je ne suis pas avec lui... Père, reprit-elle d'une voix plus haute et plus profonde, s'écartant de lui, et se tenant un moment debout, sans être soutenue, père, ensevelissez ce petit paquet avec moi : ce sont ses lettres ; ne rompez pas le sceau, et dites... dites-lui bien que je n'ai jamais compris combien je l'aimais profondément, que le jour où j'ai vu tout le monde l'abandonner. Je... Je l'aimais... oui... »

Elle poussa une faible exclamation de douleur et tomba lourdement sur le sol ; elle vécut quelques heures encore, mais sans prononcer un mot, sans faire le moindre signe, sans que l'on pût deviner si elle vivait encore, excepté par le souffle de plus en plus faible de son haleine, qui s'éteignit bientôt complètement.

Le lendemain Walter, le fils adoptif de Lester, obtint de visiter Aram dans son cachot. Ce matin même, Aram avait vu le vieux Lester, ce matin même, il avait appris de lui la mort de Madeleine. Il n'avait pas versé une larme, et pour employer le langage énergique de l'Écriture, « il avait tourné sa face vers le mur, » personne n'avait surpris son émotion, mais le vieux Lester devina qu'en ce moment sa fille était dignement pleurée.

Aram ne leva pas les yeux lorsque Walter Lester entra. Et le jeune homme était devant lui, le touchait presque avant qu'il se doutât de sa présence. Alors il se redressa, tous deux se regardèrent un instant face à face, sans échanger un mot. À la fin Walter dit d'une voix sourde :

– Eugène Aram !

– Hé bien !

– Madeleine Lester n'est plus.

– On me l'a appris. Je suis résigné. Mieux vaut maintenant que plus tard.

– Aram, dit Walter dont la voix tremblait d'émotion, et en lui serrant passionnément la main, je vous en prie, je vous en supplie, en ce moment terrible, il est en votre pouvoir d'ôter de mon cœur un poids qui l'écrase, et qui ne saurait y rester sans faire de moi pour toute ma vie un homme digne de pitié. Je vous en prie, au nom de l'humanité, au nom de vos espérances célestes, ôtez ce poids qui pèse sur moi. Le temps est passé où votre refus d'avouer pouvait changer votre destinée, vos jours sont comptés, et il ne vous reste aucun espoir de vous sauver. Je vous en supplie, si vous avez été entraîné, je ne sais où ni en quel moment, à exécuter le crime pour la punition duquel vous êtes condamné à mort, dites-moi un mot, un seul mot d'aveu, et moi, le fils unique de l'homme que vous avez tué, je vous pardonnerai du fond de mon cœur.

Walter s'arrêta, ne pouvant dire un mot de plus.

Aram fronça les sourcils à plusieurs reprises, se détourna, ne répondit pas ; sa tête retomba sur sa poitrine, et ses yeux restèrent fixés sur le sol.

– Réfléchissez, reprit Walter, en reprenant possession de lui-même, j'ai été l'instrument muet dont le destin s'est-servi pour vous conduire où vous êtes. Soyez compatissant, Aram, ayez pitié. Si cette action terrible a été exécutée de votre main, dites-moi un mot, un seul mot pour dissiper l'horrible incertitude qui pèse sur moi, sur tout mon être. Qu'est-ce que le monde, qu'est-ce que l'homme, qu'est-ce que l'opinion, pour vous ! Dieu seul vous jugera en dernier ressort. L'œil de Dieu lit dans votre cœur au moment même où je prononce ces paroles, et dans cette heure redoutable où les portes de l'Éternité vont s'ouvrir devant vous, si cette action coupable a été réellement votre œuvre, songez combien votre faute sera atténuée, si vous triomphez de l'endurcissement de votre cœur, et si vous soulagez ainsi un être humain qui sans cela serait condamné à une existence maudite. Aram, Aram ! si c'est vous qui avez frappé le père, faut-il que la vie du fils lui devienne un fardeau insupportable grâce à vous encore ?

– Que voulez-vous de moi ? parlez, dit Aram, sans relever la tête.

– Il y a dans votre naturel bien des choses qui contredisent la possibilité de ce crime : vous êtes réfléchi, calme, bienfaisant envers les affligés. La rancune, la passion, – oui, le dirai-je, les angoisses de la faim peuvent vous avoir poussé à un crime, à un seul, mais votre âme n'est pas complètement endurcie, et je crois que j'aurais encore quelque confiance en vous, en ce moment terrible, où le corps de Madeleine est à peine refroidi, quand le fils de la victime est debout devant vous. À ce moment si vous mettiez la main sur votre cœur, et que vous me disiez : « En présence de Dieu, et au péril de mon âme, je vous jure que je suis innocent de ce crime, » je partirai, je vous croirai, je supporterai du mieux qu'il me sera possible l'idée d'avoir été, d'une manière inconsciente, un des instruments qui ont servi à condamner un innocent à une mort terrible. Mais si dans une pareille crise, vous vous sentez incapable de prononcer ce serment, oh alors ! soyez généreux, même après votre faute, ne permettez pas que je sois hanté par le spectre d'un doute qui ne me laissera de repos ni le jour ni la nuit. Parlez, parlez donc !

On peut juger de ce que cette invocation devait avoir d'écrasant pour une âme aussi fière, aussi hardie, quand le fils de la victime était devant Aram, pour s'humilier, s'abaisser à la supplication ! Mais Walter avait entendu la défense d'Aram, il avait remarqué l'expression de sa physionomie, plus d'une fois pendant le cours du procès, il avait surpris les regards du prisonnier, et avait senti son cœur comme pris dans un étau glacé, en se disant que quand même la sentence aurait absous l'accusé, lui-même l'aurait condamné. Combien son état d'esprit avait dû être terrible, lorsque revenant chez Lester, il avait appris que cette maison était devenue une maison de deuil, et qu'une créature angélique et pure en était sortie, quand il avait vu le père pleurant son enfant, sans vouloir se laisser consoler par Éléonore. Non, des scènes comme celle-là, des pensées pareilles sont bien faites pour briser l'orgueil d'un homme.

– Walter Lester, dit Aram après un instant de silence, mais en relevant la tête avec un air de dignité, quoique sa physionomie portât l'expression du malheur, d'une souffrance inexprimable. Walter Lester, j'avais songé à sortir de la vie en gardant pour moi mon secret, mais ce n'est pas en vain que vous avez fait appel à mon cœur. Je veux arracher de mon âme l'amour-propre, je renonce au dernier et orgueilleux. rêve dans lequel je m'enveloppais pour ne point voir les maux qui m'environnent de toutes parts. Vous saurez tout, et vous me jugerez en conséquence, d'après ce que vous aurez appris. Mais votre oreille ne doit pas entendre ce récit, le fils ne saurait entendre dire en silence ce que je dois dire du mort, tout en me condamnant moi-même... Mais, reprit Aram, d'une voix plus basse, et laissant errer son regard comme distrait, le temps ne nous presse pas. Il vaut mieux que ce soit la main qui parle plutôt que la langue. Oui, l'exécution aura lieu dans... voyons... dans deux jours ! Demain ! non, jeune homme, dit-il en se tournant brusquement vers Walter, après-demain, vers sept heures du soir, la veille du jour qui sera le dernier pour moi, venez me voir. À ce moment, je mettrai entre vos mains un papier renfermant le récit de tout ce qui me concerne, ainsi que votre père. Si la parole d'un homme qui a le pied sur le seuil d'un autre monde a quelque valeur, vous verrez que je n'aurai rien omis de ce qu'il vous importe de savoir. Mais ne le lisez que quand je ne serai plus, et ne faites confidence de ce récit à personne jusqu'au jour où le vieux Lester sera lui-même descendu dans la tombe. Jurez-le moi ! ce sera peut-être un serment difficile à tenir, mais...

– Aussi vrai que je crois en mon Rédempteur, s'écria Walter avec un accent de ferveur solennelle, je vous jure que je remplirai ce double engagement, mais maintenant, dites-moi au moins…

– Ne m'en demandez pas davantage, interrompit Aram, le moment approche où vous saurez tout, faites en sorte de passer le temps comme vous pourrez jusqu'alors, et laissez-moi. Oui, laissez-moi ! allez-vous en, ne tardez pas davantage.

S'étendre à loisir sur les détails pénibles qui ne satisfont pas la curiosité, n'est nullement une nécessité pour l'intérêt d'un drame, ou de ce genre qui a plus de noblesse encore que le drame. Car il demande un soin plus minutieux, comporte des descriptions plus détaillées, approfondit beaucoup plus attentivement les motifs, et commande à une plus grande variété de cordes dans l'âme humaine.

Passons donc outre, sans jeter même un regard autour de nous dans la chambre mortuaire, sans paraître apercevoir le vieux Lester dont le cœur est brisé, ni la double agonie de son autre fille, cette agonie qui tout en souffrant cherche à adoucir et à consoler une autre souffrance. – Passons de même à côté des émotions multiples qui agitent Walter, dans son impatience fébrile qui le porte à vouloir percer avant l'heure le terrible mystère, qui se révèle dans les pages qui se succèdent sous la plume du prisonnier, dans le cachot solitaire. Nous voilà arrivés enfin à la soirée où Aram vit Walter Lester pour la dernière fois.

– Vous êtes venu à l'heure exacte, dit Aram d'une voix basse mais distincte, je n'ai pas oublié ma parole ; l'accomplissement de cette promesse a été une victoire remportée sur moi dans des circonstances dont je suis seul en état de connaître la gravité. J'ai acquitté ma dette, – j'ai fait plus que je ne m'étais d'abord proposé de faire. J'ai développé mon récit d'une manière complète, en l'étendant à toute la durée de ma vie. Je me devais à moi-même cette prolixité. Rappelez-vous votre promesse ; ce sceau ne doit pas se rompre avant que le pouls ait cessé de battre dans la main qui vous tend ces papiers.

Walter renouvela son serment, et Aram, après avoir gardé un instant le silence, reprit d'une voix altérée et adoucie :

– Soyez bon pour Lester, consolez-le, soutenez-le, faites en sorte que jamais un mot, un signe ne vous échappe qui puisse modifier l'opinion qu'il doit garder sur moi. Vénérable vieillard ! c'est pour lui plus que pour moi, que je vous fais cette prière. La chaleur d'une véritable affection humaine a bien rarement échauffé mon cœur ! Aussi combien j'ai libéralement rendu l'amour que quelques-uns, en bien petit nombre, m'ont témoigné. Mais ce n'est pas le moment d'échanger des propos avec vous. Adieu ! cependant, avant que nous nous séparions, j'ai encore un mot à vous dire : Quoi que j'aie révélé dans cette confession, quels que soient mes tort envers vous, quel que soit le langage que j'emploie à votre égard (c'est encore là une légère offense) en me justifiant moi-même, ou à l'égard de votre père, je vous jure qu'il n'y a rien dans cet écrit que vous ne puissiez me pardonner d'avance.

– Je vous l'accorde franchement, de tout mon cœur.

– Le jour qui vous conduira où je dois aller demain matin, dit Aram d'une voix profonde, je désire que vous obteniez le même pardon. Adieu. Dans cette foule innombrable d'hommes qui vivent autour de nous sans avoir subi l'épreuve du jugement, qui sait si nos âmes, après avoir progressé de monde en monde, après avoir franchi mille degrés intermédiaires, ne se rencontreront pas un jour, dans bien des siècles peut-être, et ne retrouveront pas un souvenir lointain du lien que l'heure présente a formé entre nous ? Adieu.

Nous n'avons pas pris envers le lecteur l'engagement de laisser le sceau intact jusqu'après la mort d'Aram, et nous avons le droit de transcrire cette confession si étrange, non seulement par les faits qu'elle expose, mais encore par les pensées qui s'y agitent. C'est la confession d'une âme fière qui a dévié de son orbite, pour aller se perdre dans je ne sais quelle région obscure et malfaisante du chaos. Pour moi, je n'ai point cherché à attirer l'intérêt du lecteur par ces procédés vulgaires et communs qu'aurait pu me suggérer un récit pareil et je me suis borné à enregistrer ce qu'Aram lui-même a écrit.

LA CONFESSION D'EUGÈNE ARAM

Je suis né à Kamsgill, petit village dans le Netherdale. Ma famille avait occupé dans l'origine un rang assez élevé dans la société ; elle avait la seigneurie d'Aram, sur la rive méridionale de la Tee. Mais le temps avait fini par la placer dans une situation fort humble, où elle avait gardé quelque chose de l'orgueil naturel aux héritiers d'un nom antique, et des prétentions vaines malgré leur fierté. Mon père habitait une petite ferme, et montrait une grande habileté dans l'horticulture ; c'est un don que je tiens de lui. J'avais environ treize ans lorsqu'éclata en moi la passion intense et profonde qui est devenue le démon de ma vie. J'avais toujours montré dès ma plus tendre enfance une grande inclination pour la solitude, pour la rêverie distraite et sans but ; ces traits de caractère n'étaient alors que les présages de l'amour qui s'empara de moi, l'amour de la science.

Une occasion toute fortuite dirigea mon attention vers les connaissances les plus abstruses. Je m'abandonnai de toute mon âme à cette noble étude qui est la base réelle de toute vraie découverte, et les résultats heureux que j'obtins m'ouvrirent bientôt de nouvelles routes plus fleuries. L'histoire, la poésie, qui nous rendent les maîtres du passé, ce pouvoir enchanteur qui évoque devant nous le monde des visions, prirent la place qu'avaient tenue jusqu'alors les chiffres et les lignes. Je me laissai aller chaque jour davantage à mon goût pour la solitude et l'étude prit chaque jour pour moi des charmes plus vifs et plus attrayants, elle devint en moi une passion qui élargissait chaque jour mes vues et mes désirs. Je ne veux pas, je ne puis pas m'étendre à loisir sur ce sujet en décrivant avec détail ce que j'appris ainsi, sans aucun maître, avec un labeur qui me paraissait d'autant plus doux qu'il était plus intense. L'Univers, la création, tout ce qui était doué de vie et de mouvement, tout en un mot devint pour moi un objet d'intérêt, d'étude attentive et passionnée. Je sentais glisser sur mon âme comme sur une surface lisse et dure, les plaisirs ordinaires, les charmes des liens de la vie commune ; ils me laissaient insensible et froid. Vous avez entendu sans doute dire qu'il y a en Orient des hommes, qui tombent dans une immobilité absolue et durant plusieurs jours de suite ; leurs yeux sont dirigés fixement vers le ciel ; de même mon esprit, absorbé tout entier par la contemplation de choses qui dépassaient sa portée, n'avait aucune notion de ce qui se passait autour de moi. Mes parents moururent, me laissant orphelin. Je n'avais point de foyer, point de fortune, mais partout où un champ contenait une fleur, mais du moment qu'il y avait des étoiles au ciel, il n'en fallait pas davantage pour me soutenir et me faire vivre dans le plaisir. Je passais des mois entiers à errer sans but, passant le plus souvent la nuit à la belle étoile, et fuyant l'homme comme si je voyais en lui celle des créatures divines qui avait le moins de choses à m'enseigner. Je vins à Knaresborough ; la beauté de ce pays, la facilité de lire des livres que me fournissait une bibliothèque ouverte pour moi, me décidèrent à me fixer en cet endroit. Et dès lors de nouveaux désirs m'ouvrirent de nouveaux horizons, développèrent en moi des ressources inconnues. Je me sentis hanté par l'ambition de perfectionner mon espèce. Tout d'abord j'avais aimé la science pour elle-même, désormais j'entrevoyais un but bien plus noble que la science. À quoi bon, me disais-je, tant de labeurs ? Dois-je entretenir une lampe pour qu'elle brûle solitaire et n'éclaire qu'un désert ? Pourquoi accumuler des richesses, s'il n'y a personne qui doive profiter de ce trésor. Je me sentais inquiet, mécontent. Que fallait-il faire ? Je n'avais point d'amis, j'étais comme un étranger dans ma propre espèce. J'étais paralysé, exclu de tout emploi utile par ma pauvreté. Je vis mes désirs bornés par un mur infranchissable au moment même où leur but s'élevait ; tout ce qu'il y avait d'ardeur, d'ambition, d'orgueil dans ma nature était figé par le froid glacial du monde extérieur. J'épuisai les sciences qui étaient à ma portée ; où fallait-il en chercher d'autres, maintenant que mon appétit était excité, et que n'ayant plus d'argent je manquais de tout moyen pour le satisfaire. Mes capacités, les humiliations que je m'imposai pour me soumettre aux besognes les plus basses, tout cela ne servait qu'à m'empêcher de mourir de faim. Serait-ce donc là ma destinée définitive ? Et pendant que je consumais mon âme sans autre résultat que de pourvoir aux plus vils besoins de la nature physique, je voyais les heures dorées, les avantages glorieux, les portes s'ouvrant sur des cieux nouveaux, les chances d'éclairer le monde, je voyais tout cela s'évanouir, disparaître à jamais devant moi. Parfois, lorsque les enfants auxquels je m'étais chargé d'apprendre les éléments les plus simples se réunissaient autour de moi, ils me regardaient en face, les yeux pleins de rires, et comme ils m'aimaient tous, et qu'ils me contaient leurs petits plaisirs, leurs menus chagrins, je me surprenais maintes fois à désirer de retourner à cet état d'enfance, de redevenir semblable à l'un d'entre eux, et d'entrer ainsi dans ce paradis de repos qui m'avait été refusé jusqu'alors. Mais le plus souvent c'était un regard d'indignation plutôt que de mélancolie que je jetais sur ma triste destinée. Fallait-il me faire domestique de ferme, et oublier ce que j'avais appris ! fallait-il faire vivre mon intelligence dans la pauvreté, la priver de sa nourriture pour assurer la subsistance à mon corps ? Fallait-il demander l'aumône ? De tout cela je me sentais incapable. À quelle époque du monde a-t-on jamais vu le vrai étudiant, le vrai ministre, le prêtre de la science, dépourvu de ce sentiment altier de sa dignité, de sa mission ? Devais-je étaler les blessures de mon orgueil, dénuder mon cœur, demander à des idiots opulents le strict nécessaire pour qu'un savant ne mourût pas de faim ? Pouah ! celui que la pauvreté la plus misérable amènerait à se courber ainsi, est un charlatan, ce n'est point le vrai disciple de la science. Que faire alors ? Je consacrai la partie la moins élevée de mes connaissances à me procurer le strict nécessaire pour vivre, je gardai pour moi cette science qui perçait les profondeurs de la terre et qui dénombrait les étoiles du ciel.

Ce fut à cette époque que je fis à Knaresborough la connaissance d'un parent éloigné, Richard Houseman. Quelquefois nous nous étions rencontrés pendant nos promenades ; il me recherchait et il ne m'était pas toujours possible de l'éviter. C'était un homme destiné à la pauvreté, comme je l'étais moi-même, mais il avait toujours su s'en s'accommoder comme si pour lui elle était l'aisance. Cela me paraissait un mystère. Un jour que notre conversation était tombée sur ce sujet, il me dit :

– Avec toute votre science, vous êtes pauvre ; moi je ne sais rien, mais je ne suis pas pauvre. Comment cela se fait-il ? C'est que le monde est mon capital, je vis sur mon espèce. La société est mon ennemie. Les lois me commandent de crever de faim, mais l'instinct de conservation est quelque chose de plus sacré que les lois et il me commande avec plus d'autorité.

Ce langage, dans sa crudité âpre et franche, me révolta, mais non sans faire en moi quelque impression. Je regardai cet homme, je vis en lui un sujet d'étude, et je le contredis, afin de mieux le connaître. Il avait été soldat, il avait parcouru la plus grande partie de l'Europe ; il était doué d'un instinct fort et juste ; c'était un vil personnage, mais un scélérat audacieux et adroit, il y avait donc quelque espoir de le relever. Sa conversation fit naître en moi de sombres réflexions qui me troublèrent. Quel était l'état de la société ? N'y avait-il pas une guerre acharnée entre les éléments qui la constituaient ? n'était-ce pas une organisation où le vice était plus encouragé que la vertu ? La science était mon rêve, et ce rêve, il dépendait de moi d'en faire une réalité, et cela non plus par de patientes souffrances, mais par quelques actes de hardiesse. Ne pouvais-je point prendre de force à la société à laquelle je ne devais rien, les ressources nécessaires pour devenir philosophe et magnanime, n'était-il pas meilleur et plus noble d'agir ainsi, même au péril de ma vie, que de tomber dans un fossé et d'y mourir comme un chien ? Oui, sans doute il valait mieux, non seulement pour moi, mais encore pour l'espèce humaine, risquer une action hardie quoique coupable, et par cette action conquérir le pouvoir qui me permettait de faire le bien ! Je me posai ainsi la question. C'est une terrible question : elle vous entraîne dans un labyrinthe de raisonnements, où l'âme peut s'enfoncer et se perdre à jamais.

Un jour Houseman me rencontra, accompagné d'un étranger qui venait d'arriver dans notre ville ; vous devinez déjà dans quel but ; son nom, du moins le nom qu'il s'était donné, était celui de Clarke. Faites attention désormais, je suis sur le point de m'expliquer franchement sur le caractère de cet homme, et sur sa destinée. Et pourtant vous êtes son fils. Je voudrais adoucir les nuances, mais il faut que je dise la vérité sur moi, et je ne dois pas altérer la vérité en parlant des autres lorsque je m'expose ainsi à me peindre encore plus noir que je ne suis. Houseman me rejoignit, me présenta ce personnage. Tout d'abord je sentis un frisson de répugnance me parcourir tout le corps, et pour quiconque eût vu l'individu, ce mouvement de répulsion se fût aisément expliqué. Son ensemble et ses traits exprimaient la réunion de tous les vices imaginables : on lisait sur son front, dans ses yeux, l'histoire de toute une vie passée dans la débauche sordide et la prodigalité. Sa conversation me répugnait au dernier point. Il exprimait les sentiments les plus bas, et il les appuyait de sentences qu'il donnait comme l'expression d'une sagacité supérieure, il ne faisait point difficulté d'aimer sa malhonnêteté systématique, et de confesser qu'il était au dernier degré de l'échelle. Surprendre, tromper, éluder, flatter et flagorner bassement, tels étaient les talents qu'il étalait avec un cynisme grossier, impudent, au point de montrer que par une longue habitude de ce qui était vil, il avait perdu le sentiment de tout ce qui ne l'était pas. Houseman paraissait l'exploiter ou le faire parler ; il nous raconta des traits de sa scélératesse, et les embarras où ces actes l'avaient plongé ; il finit néanmoins par nous dire : « Et pourtant tel que vous me voyez, je suis riche et satisfait. J'ai toujours été le plus veinard des hommes ; peu m'importe la guigne d'aujourd'hui, j'en suis quitte pour attendre la chance du lendemain. J'avoue que je traîne partout le mal après moi, et que partout la Providence me traite bien ». Le hasard fit que nous nous rencontrâmes plus d'une fois, et notre entretien eut toujours la même tournure ; il s'agissait toujours de la coquinerie et de la bonne chance ; c'était le seul thème qu'il connût, la seule chose dont il se vantât. Pensez-vous que ces propos fussent sans influence sur les sombres et ténébreuses réflexions qui s'agitaient dans les profondeurs de mon intelligence ? N'y avait-il pas un ordre de la Providence qui commandât aux hommes de veiller eux-mêmes au soin de faire fortune, puisque le destin prodiguait ses faveurs à cet être bas et rampant, qui ne pouvait se frayer accès dans le vice même que par des passages souterrains et des entrées inconnues. Était-ce la peine d'être vertueux, et de regarder en haut, alors que les gredins s'asseyaient les premiers au festin de la vie, et mangeaient les meilleurs plats ? Cet homme-là n'avait d'autres ressorts que les passions les plus méprisables, les désirs les plus frivoles. Il leur donnait satisfaction, et la destinée le regardait faire en souriant. Et moi qui avais fermé mon cœur aux inoffensives tentations des sens, moi qui m'étais nourri seulement des plus glorieuses illusions, des désirs les plus honorables, je me refuserais à moi-même les moyens de les satisfaire, je resterais tremblant, inactif, comme ensorcelé par les formules magiques des lois humaines, sans espoir, sans récompense, perdant, par ma timidité devant le crime, les ressources mêmes qu'il me fallait pour être honnête !

Ces pensées pénétraient d'une manière obscure mais rapide en mon âme, mais elles n'aboutissaient à rien ; je ne voyais rien au-delà, je laissais passivement l'indignation me ronger le cœur, je gardais le même calme, je tenais la même conduite que pendant le développement de mon esprit. Oui, à cette époque même où je maudissais la destinée, je n'avais point cessé d'aimer l'espèce humaine. Ce qui inspirait ma jalousie, c'était justement de voir en d'autres mains les ressources que j'aurais employées à la servir. J'avais toujours été, depuis mon enfance, disposé à la bonté, à la sympathie envers tous les êtres ; il n'y avait pas d'animal, si dépourvu qu'il fût de tout moyen d'expression, qui n'eût le don de me faire sortir de la foule et ne trouvât en moi un protecteur, et cependant j'étais destiné à... Mais je ne veux pas empiéter sur la suite de mon récit. En rentrant chez moi après mes promenades longues et solitaires, je passais souvent près de la maison qu'habitait Clarke ; plus d'une fois je le vis chancelant d'ivresse, insultant tous les passants dont l'indignation restait muette, dominée par le dégoût. « Voilà donc, disais-je en moi-même, l'être répugnant et licencieux qui gaspille en excès brutaux, qui prodigue en affronts à la société cet argent qui ferait de mon âme une lampe allumée, capable d'éclairer le monde ! »

Il y avait dans les vices de cet homme quelque chose qui me révoltait plus que l'immoralité cynique de Houseman. Ce dernier n'avait possédé à aucun degré les avantages de l'éducation ; il était ouvertement, brutalement, grossièrement scélérat, et il avait une sorte d'instinct qui couvrait en quelque sorte ses défauts. Mais chez Clarke on retrouvait des traces d'un passé qui aurait pu le conduire au bien, des vestiges d'éducation ; ce qui choquait en lui, c'était moins la grossièreté de ses manières que la vulgarité énervante, irritante qu'il montrait en toutes circonstances. Si Houseman avait eu quelque argent dans sa bourse, il aurait par pure indifférence, et sans réfléchir, payé une dette ou soulagé un ami ; il n'en était pas ainsi de l'autre. Eût-il eu de l'argent à profusion, qu'il n'eût pas manqué de berner un créancier, de duper un ami. Il y avait en lui une bassesse, une faiblesse pitoyable, qui lui faisait regarder la tromperie la plus vile comme un bon tour, un trait d'esprit. En outre son intelligence était non seulement dégradée, mais encore brisée par les habitudes de sa vie ; il laissait entrevoir une sorte de démence étrange, toute particulière, il aimait qu'on rît de sa petitesse. Houseman était jeune, il pouvait s'amender, mais Clarke avait les cheveux gris, le regard trouble, il était vieilli moins par l'âge que par son état de santé ; tout en lui était définitif, désespéré, la lèpre avait gagné toute l'économie. Le temps a peu à peu réduit Houseman au même état que Clarke.

Un jour en passant dans la rue, et en plein jour, je rencontrai Clarke : il était tout à fait ivre et haranguait un rassemblement qui s'était formé autour de lui. Je cherchai à m'éloigner, il ne le voulut pas, et cet homme dont le seul contact, la seule vue me rendaient malade, se jeta sur mon chemin, affecta de me narguer, de me faire des insultes ; il osa même me menacer. Mais à peine était-il près de moi, qu'un seul de mes regards le fit reculer, et je continuai mon trajet sans me préoccuper davantage de lui. L'insulte dont il s'était servi me brûlait comme une morsure venimeuse : il avait raillé ma pauvreté ; la pauvreté était l'objet de ses plaisanteries préférées. Cela m'exaspéra, je ne ressentais ni colère, ni désir de me venger, non ! ces deux passions je ne les ai jamais éprouvées à l'égard d'aucun homme ; il m'était impossible de les laisser naître en moi à l'occasion d'un tel personnage. Néanmoins j'étais diminué à mes propres yeux, j'étais piqué. La pauvreté. Lui, railler un homme comme moi ! Lui, il se regardait comme mon supérieur, grâce à quelques parcelles de métal ! Mes pas inconscients me portèrent hors de la ville, je m'arrêtai vers un endroit où la rivière encombrée de plantes aquatiques, faisait un détour. C'était par une sombre après-midi, en hiver, les eaux étaient noires et mornes, les feuilles sèches craquaient avec un bruit mélancolique sous mes pieds. Qui oserait nier l'influence qu'ont sur nous les aspects extérieurs de la nature, et les changements qu'ils peuvent produire dans nos dispositions ? Toutes choses autour de moi semblaient me considérer d'un air colère et hostile. Je lisais à la surface de la terre et des cieux la confirmation de la sentence de malédiction qui a été rendue contre la pauvreté. Je m'adossai contre un arbre, dont les branches s'étendaient au-dessus des eaux, et je laissai mes pensées suivre en silence leur course obscure et désolée. J'entendis prononcer mon nom, je sentis une main sur mon épaule, je me retournai et bientôt Houseman se trouva à côté de moi.

– Eh bien ! on est en train de philosopher, me dit-il avec son rude sourire.

Je ne lui répondis pas.

– Regardez donc, me dit-il en me montrant du doigt la rivière, voyez comme ce poisson guette sa proie. Eh bien, est-ce que vous ne savez pas lire ce que la nature enseigne, ce qu'elle enseigne toujours et partout ?

Je restai silencieux.

– Ceux qui ne font pas comme les autres, reprit-il, ne remplissent pas le but pour lequel est faite l'existence ; ils visent à en savoir plus long que les autres, et pour les en récompenser on les traite de fous. Est-ce qu'il n'en est pas ainsi ? Je suis, un ignorant et je ne demande qu'à m'instruire.

Je restai toujours silencieux.

– Vous ne répondez pas, dit-il, est-ce que vous êtes fâché ?

– Non.

– Eh bien, continua-t-il, si étrange que la chose vous paraisse, nous sommes, vous et moi, dans la même situation, malgré la différence qu'il y a entre votre esprit et lu mien. Je n'ai pas une guinée à moi, vous en êtes peut-être au même point. Mais il y a pourtant une différence, remarquez-la bien. Moi, l'homme ignorant, avant qu'il se soit écoulé trois jours, j'aurai garni ma bourse ; et vous, le savant, vous serez toujours pauvre. Allons, voyons, plantez-moi là votre sagesse, et faites comme moi.

– Comment ?

– Prenez sur le superflu d'autrui ce que votre nécessaire exige. Mon cheval, mon pistolet, la main leste, le cœur solide, voilà qui vaut pour moi le coffre-fort d'autrui. On s'expose ainsi à être découvert, à être condamné à mort, j'en conviens parfaitement. Mais cette chance peut-elle être mise en balance contre des certitudes que vous connaissez bien ?

Je détournai la tête d'un autre côté. Dans le silence de ma chambre, dans la solitude de mon cœur, j'entretenais les mêmes pensées que ce bandit. Une lutte se livrait en moi.

– Voulez-vous avoir votre part du danger et du butin ? me dit à voix basse Houseman.

Je fixai mes yeux sur lui.

– Parlez clairement, lui dis-je, expliquez-vous sur ce que vous comptez faire.

Les yeux de Houseman brillèrent.

– Écoutez-moi, dit-il : Clarke, avec sa fortune actuelle, qui lui appartient légalement, compte se procurer par emprunt une somme plus grande encore ; il a converti son héritage en bijoux, il a emprunté d'autres bijoux par le moyen d'allégations mensongères ; il se propose de garder ceux-là, et de quitter la ville au milieu de la nuit ; il m'a confié son projet et m'a demandé mon aide. Lui et moi, sachez-le bien, nous sommes de vieux amis ; nous avons partagé d'autres risques et d'autres projets, il veut que je l'aide dans sa fuite. Maintenant comprenez-vous où je veux en venir ? Soulageons-le de son fardeau. Je vous en offre la moitié, si vous consentez à prendre votre part de la besogne.

Je me levai, je marchai, je pressai mes mains sur mon cœur, j'essayai d'imposer silence à la voix qui murmurait au dedans de moi. Houseman devinait, il voyait cette lutte ; il me suivit, il me détailla la valeur du butin qu'il me proposait de conquérir ; ce qu'il appelait ma part mettait entre mes mains la satisfaction de tous mes désirs ; désormais je pourrais rassasier la seule passion de mon âme, la passion de savoir ; c'était la bienheureuse indépendance dans la solitude : tout cela était à ma portée ; il ne fallait point pour cela commettre une faute qui dût être réitérée, nul besoin d'accomplir un nouveau crime ; un seul acte, et c'était tout. Je respirais péniblement, mais je ne laissai pas éclater l'émotion qui remplissait mon âme, je fermai les yeux, mais je frémis en apercevant toujours cette vision.

– Donnez-moi votre main, dit Houseman.

– Non, non, dis-je en le repoussant, il faut que je songe, que je réfléchisse ; je ne refuse pas, mais je ne saurais accepter à l'instant.

Houseman insista, mais je persévérai dans ma détermination ; il eût voulu me menacer, mais mon caractère le dominait et le maîtrisait. Il fut convenu qu'il viendrait me retrouver cette nuit, que je lui dirais ce que j'avais décidé… La nuit suivante était celle où le coup devait être exécuté… Nous nous séparâmes, et quand je rentrai chez moi j'étais un tout autre homme. Le destin avait tendu son filet autour de moi ; un nouvel incident survint qui en resserra les mailles. Il y avait une pauvre fille que j'avais souvent rencontrée dans mes promenades. Elle soutenait sa famille par son habileté à faire de la dentelle ; c'était une créature paisible, dont la physionomie exprimait la patience et l'honnêteté. Quelques jours auparavant, sous prétexte de lui acheter de la dentelle, Clarke l'avait attirée chez lui, au moment où il y était seul, et avait abusé d'elle avec la violence la plus brutale. L'extrême pauvreté des parents lui avait permis d'obtenir aisément leur silence, néanmoins quelque chose avait transpiré au dehors ; la pauvre fille était désormais marquée de ce stigmate d'infamie que rien ne peut effacer, et que les classes inférieures de la société font sentir avec une grossièreté impitoyable et cruelle. La jeune fille, dans l'égarement de la honte et du désespoir, avait mis fin à ses jours. Ce tragique événement fit connaître l'histoire que la famille avait jusqu'alors cachée ; tout cela parvint à mes oreilles, au moment même où mon esprit oscillait de côté et d'autre. Vous ne vous étonnerez pas d'apprendre que dès lors je pris mon parti, et me décidai pour l'action. Qu'était cet homme ? Un misérable vieilli dans le vice ; il allait au devant de son heure, il se dirigeait d'un pas chancelant vers une tombe infâme, souillant tout ce qui se trouvait sur sa route ; déshonorant ses cheveux gris par une luxure effrénée, pourriture plutôt que passion en son cœur : c'était un être nuisible et maudit en ce monde. Qu'allais-je faire après tout ? débarrasser la terre d'un être à la fois vil et venimeux. Était-ce un crime ? était-ce un châtiment ? Je sentais en moi la volonté, un esprit capable d'être utile à l'espèce humaine. Il me manquait les moyens d'accomplir cette volonté, de donner des ailes à cet esprit. Une action, une seule, et j'avais ces moyens. Si la victime de cet acte avait été un homme de quelque bonté, un de ces hommes qui suivent d'un pas régulier la ligne étroite qui sépare le vice et la vertu, ne causant ni bien, ni mal à personne, j'aurais eu encore le droit de me demander si l'humanité ne gagnerait pas à mon action. Mais il s'agissait d'un homme que n'avait jamais arrêté aucune bonne pensée, dont le cœur n'avait jamais éprouvé une émotion généreuse ; c'était une tache, une erreur de la création, et rien que la mort ne pouvait laver cette souillure et rendre au monde sa pureté. Le soldat reçoit sa paie, il tue et s'endort tranquillement, et les hommes applaudissent. Mais, dites-vous, il frappe pour gagner sa paie, et non en vue de la gloire. Accordons-le, quoique ce soit un sophisme. Mais n'y aurait-il pas de gloire à conquérir dans une sphère bien plus noble que celle de la guerre ? N'y aurait-il aucune gloire à conquérir en cultivant la science, qui conserve au lieu de détruire ? Le coup que j'allais frapper n'avait-il pas pour but réel de me donner les moyens de cultiver la science ? Allons plus loin : supposons que le vrai mobile du soldat fût le patriotisme, le mobile qui m'inspirait n'était-il pas plus noble que le patriotisme ? N'avait-il pas pour limite un cercle bien plus vaste ?… Telles étaient les questions que je me posais et que le temps résoudra un jour.

Houseman fut ponctuel à notre rendez-vous nocturne : je lui tendis la main en silence ; nous nous étions compris. Nous ne parlâmes plus de l'affaire elle-même, il ne fut question que des moyens à employer. Le malheureux événement que j'ai raconté, je veux parler du suicide de la jeune fille, avait accru la hâte qu'avait Clarke de quitter la ville. Il était convenu avec Houseman qu'il disparaîtrait cette nuit même, au lieu d'attendre la suivante, comme il en avait eu d'abord l'intention. Ses joyaux et ses valeurs tenaient dans un étroit espace ; il avait prévenu que vers minuit il quitterait son domicile, Houseman devrait l'attendre à un mille de la ville avec une chaise de poste toute prête. Clarke avait promis à Houseman une récompense pour ce service, et ce dernier avait fait semblant de s'en contenter. Je devais rencontrer Houseman et Clarke à une certaine distance de la ville ; alors nous... Houseman parut d'abord avoir peur de me voir fléchir et renoncer à mon projet ; il n'en est jamais ainsi chez les hommes dont la pensée est profonde et vigoureuse. Prendre la résolution, tel était le point capital ; une fois la résolution prise, je m'interdisais de regarder en arrière. Houseman me quitta ensuite ; il me fut impossible de rester dans ma chambre, j'allai de côté et d'autre par la ville ; la nuit s'avança ; je vis les lumières s'éteindre, successivement dans toutes les maisons, tout retomba dans l'obscurité ; le silence et le sommeil avaient pénétré dans les demeures de tous les mortels. Cette tranquillité, ce repos... cette trêve accordée à la fatigue et aux soucis, comme elle entrait profondément dans mon cœur ! Jamais la Nature ne me parut avoir suspendu son cours dans un moment plus terrible : il me semblait que moi et la victime nous étions maintenant seuls au monde. Je m'étais enveloppé d'une hautaine et enthousiaste folie qui m'élevait au-dessus de la crainte ; je me disais : L'action que tu vas accomplir est un grand et solennel sacrifice en l'honneur de la science, dont tu es le prêtre. Le silence même contribuait à m'inspirer une austère et terrible sainteté, j'éprouvais le calme de l'autel et non celui de la tombe. J'entendis les heures sonner l'une après l'autre sans que mon courage s'affaiblît ou s'impatientât ; mon esprit était endormi dans son dessein.

La lune se montra, mais blême et sans éclat. L'hiver pesait sur la terre, la neige qui était tombée vers le soir formait une couche épaisse sur le sol ; le froid extrême paraissait enfermer la nature entière dans ce calme sépulcral qui avait pris possession de mon âme.

Houseman devait venir me trouver chez moi quelques instants avant celui où Olarke sortirait de chez lui, mais n'arriva qu'environ deux heures après. Je me promenais alors en long et en large devant sa porte, je vis alors qu'il n'était pas seul. Clarke était avec lui : « Ah ! dit-il, c'est bien heureux, je vois que vous venez de rentrer chez vous. Je me rappelle, c'est vrai, que vous étiez invité à passer la soirée hors de la ville, à quelque distance, et vous venez de rentrer, je suppose ? Voulez-vous permettre à M. Clarke et à moi d'entrer chez vous pendant quelques instants seulement ? car, ajouta-t-il d'une voix plus basse, le veilleur de nuit se trouve par ici, et il ne faut pas qu'il nous voie. J'ai dit à Clarke qu'il peut se fier à vous, que nous sommes parents.

Clarke me paraissait étrangement crédule et insouciant, étant donné le caractère de son associé, mais la destinée aveugle ceux qu'elle envoie à leur perte, et d'un ton indifférent il me fit la même demande en alléguant le même motif. Sans le vouloir j'ouvris la porte et les fis entrer. Nous montâmes à ma chambre. Clarke parla sans le moindre embarras de la tromperie qu'il projetait, il parla de la pauvre fille avec un manque de cœur qui fit bouillir le sang dans mes veines. Tout cela c'étaient des liens de fer qui consolidaient ma résolution. Ils passèrent chez moi environ une heure, car le veilleur de nuit mettait ce temps pour parcourir le quartier ; alors Houseman me pria de les accompagner à quelque distance de la ville ; Clarke me le demanda aussi. Nous sortîmes… Ce qui se passa ensuite, à quoi bon le répéter ? Houseman a menti devant le tribunal, ma main a frappé, mais elle n'a pas donné le coup mortel. Cependant depuis cette minute je n'ai jamais tendu cette main droite en signe d'amour ou d'amitié, elle conserve toujours dans ma mémoire une malédiction.

Nous partageâmes notre butin ; j'enterrai le mien pour le moment. Houseman était en relation avec une diseuse de bonne aventure bohémienne, et grâce à elle il put aussitôt transporter sa part à Londres. Maintenant voyez comme nous nous débattons misérablement dans le filet du destin ! Trois jours après mon acte, un parent qui, pendant toute sa vie m'avait oublié, mourait en me laissant sa fortune, – du moins pour moi c'était une fortune, une somme plus considérable que celle pour laquelle j'avais… ! Cette nouvelle me frappa comme un coup de foudre. Ah ! si j'avais attendu trois petites journées ! Grand Dieu ! quand on me l'annonça, je crus entendre les ricanements de Satan, raillant le fou qui s'était vanté de posséder la sagesse. Qu'on me parle maintenant de notre libre arbitre ! Nous ne sommes que la chose d'une fatalité inexorable, qui ne nous lâche jamais, nous sommes prédestinés à notre sort, enchaînés à une roue qui tourne jusqu'à ce qu'elle arrive à un certain endroit où nous sommes écrasés. Si j'avais attendu trois jours, trois jours ! Si du moins un songe m'avait averti, si mon cœur m'avait murmuré faiblement ces mots : « Tu as souffert bien longtemps, attends encore un peu. » Mais non. C'était pour cela, pour la faute et son châtiment, pour une vie perdue et une mort infâme, après mes rêves de bienfaisance et de gloire, c'était pour cela que j'étais né, que j'avais été marqué dès mon premier sommeil dans le berceau.

La disparition de Clarke ne manqua pas de produire une vive agitation : ceux qu'il avait trompés étaient naturellement intéressés à le découvrir. Quelques-uns émirent de vagues suppositions, qui ne tardèrent pas à se répandre : selon eux Clarke avait été supprimé. Houseman et moi, nous fûmes interrogés, par suite de quelques coïncidences qui nous désignaient, mais non parce qu'on me soupçonnait avant ou depuis cet interrogatoire. La chose fut bientôt terminée : Houseman ne se trahit pas ; quant à moi, dès mon enfance je m'étais accoutumé à maîtriser mes émotions, qui sont les jouets des passions, mais je compris à la physionomie de la femme chez qui j'habitais : cette femme me soupçonnait. Houseman me dit qu'elle lui avait fait connaître nettement sa pensée ; il me paraissait même décidé à la faire disparaître, mais son départ de la ville retarda l'exécution de ce projet, qu'il réalisa par la suite. Je ne m'attardai pas longtemps après lui. Je déterrai mes bijoux, je les cachai sur moi, et je partis à pied pour l'Écosse, où je vendis ma part. Désormais j'étais à l'abri du besoin. Avais-je trouvé le repos ? Pas encore. Une impulsion secrète me poussait à errer : la malédiction qui pèse sur Caïn retombe sur ses descendants. Je voyageai pendant longtemps, je vis les hommes et les villes : c'était un nouveau livre qui s'ouvrait à moi. Chose étrange ! avant mon acte j'étais comme un enfant sur les routes du monde, et même un enfant m'aurait trompé aisément, malgré l'étendue de mon savoir. Mais l'instant d'après, ce fut comme si une lumière subite eût brillé devant moi, comme si mes yeux étaient sous l'influence d'un charme, qui les rendît capables de pénétrer jusqu'au fond des âmes. Oui, c'était un sortilège, un sortilège d'un genre nouveau, c'était le Soupçon ! Je m'exerçai au maniement des armes, désormais ce fut ma seule société. Si paisible que je parusse aux yeux des hommes, je sentais que désormais il y aurait éternellement en moi une chose avec laquelle l'univers ne pouvait pas être en paix.

Je ne vous trompe point. Je n'éprouvais rien de ce que les hommes appellent le remords. Je m'étais dit et prouvé une fois pour toutes que j'avais fait disparaître de la terre une créature qui n'y causait que le trouble et la corruption : j'avais marché d'un pas ferme à un but glorieux en écrasant un être indigne, qui ne possédait pas l'ombre d'une vertu, pas l'ombre d'une pensée qui pût être utile à autrui. M'étant donc bien persuadé de cela, je n'étais point assez faible pour éprouver un vague remords en présence d'un acte qu'il était impossible, en mon cas du moins, de qualifier de crime. Ce que j'éprouvais était un regret, non un remords. Je me disais qu'une attente de trois jours m'eût sauvé non de la faute, mais de la honte, m'eût cette humiliation de tomber au niveau d'un Houseman, et de sentir que le pouvoir de me nuire était entre les mains d'un tel homme, que désormais je n'étais plus sans crainte de la méchanceté, de la curiosité humaines, que j'étais l'esclave de mon propre secret. Je cessai d'être le maître dans mon propre cœur, je n'étais plus libre de le montrer ou de le cacher. À quelque moment que ce fût, au milieu des honneurs, au foyer de l'amour, je pouvais être appréhendé, accusé de meurtre ; ma vie, ma réputation étaient à la merci de l'incident le plus banal ; au moment même où j'y songerais le moins, la terre pouvait rendre le cadavre, le gibet demander sa victime. Voilà ce que je pouvais éprouver. Ne pas faire de mon passé un spectre, un spectre qui marcherait toujours côte à côte avec moi, qui s'étendrait dans mon lit auprès de moi, qui surgirait entre les pages de mes livres, qui se glisserait entre moi et les étoiles du ciel, qui s'en irait furtivement flétrir de son haleine les fleurs embaumées, qui murmurerait à mon oreille : « Travaille, insensé, pour acquérir la science, le don de la sagesse est le seul moyen capable de nous élever au-dessus de la fortune, mais toi, tu es devenu son favori, son préféré… » Je mis enfin un terme à mes courses, je m'entourai de livres, et la science redevint pour moi ce qu'elle avait déjà été, une soif inextinguible, mais elle cessa aussi d'être ce qu'alle avait été, une récompense. J'occupais mes pensées, j'entassais dans mon esprit de nouveaux aliments : lorsque je regardais autour de moi, je voyais bien peu de gens dont les richesses intellectuelles égalassent les miennes, mais pendant que cette passion brûlait au dedans de moi, qu'était devenu ce désir plus ardent encore qui m'avait séduit pendant cette période, sorte de gouffre sombre qui séparait mon adolescence de mon âge viril, entre ma vie passée et ma vie présente ? Qu'était-il devenu, le désir d'appliquer cette science au profit de l'espèce humaine ! Il avait disparu, il était mort, enseveli à jamais en mon cœur, avec les milliers de rêves qui avaient péri en même temps que lui. Lorsque l'acte eut été commis, il me sembla que je ne comptais plus dans toute l'espèce humaine que des ennemis ; je la voyais d'un œil tout différent. Je savais que je portais au dedans de moi un secret dont la connaissance ferait de moi pour elle un objet répugnant et odieux ; oui, je le savais, et cependant je disposais de mon avenir en une suite de bienfaits qui devaient s'étendre sur mes contemporains et leur postérité.

N'était-ce point assez pour tuer mon ardeur, pour changer mon activité en repos ? Plus je me donnerais de peine, plus les honneurs que j'acquerrais auraient d'éclat, plus ma chute définitive serait profonde et terrible. Je ne faisais qu'augmenter la hauteur de l'échafaudage duquel je tomberais. Quand ces diverses pensées se furent nettement formées en moi, une nouvelle manière d'envisager les affaires humaines remplaça mes anciennes aspirations ; dès le moment où quelque objet a cessé de charmer, l'homme cherche des raisonnements qui le consolent de cette perte. Quoi, me disais-je, pourquoi me flatter de l'idée que je puis être utile, que je puis éclairer l'espèce humaine ? Sommes-nous assurés qu'en réalité la sagesse individuelle ait jamais produit ce résultat ? Valons-nous vraiment davantage, parce qu'il a existé un Newton ; sommes-nous plus heureux grâce aux pensées de Bacon ?

Cette suite de réflexions si propres à dissoudre, à refroidir mon ardeur était plus agréable à mon esprit que ne l'avait été le brûlant et jeune enthousiasme dont il s'était nourri jusqu'alors. Quand je n'étais encore qu'un enfant, j'avais professé le dédain envers une ambition purement mondaine ; ma vue ne s'était point laissée abuser sur la vraie valeur des sceptres et des couronnes, elle devinait les inquiétudes du pouvoir, les humiliations de la vanité ; ce qui m'avait animé, c'était une ambition tout intellectuelle. Et désormais cette dernière m'apparaissait elle aussi comme une illusion ; je ne désirais plus la lumière que pour moi, que pour y plonger mon âme. Je serais allé chercher pour le porter sur la terre le feu de Prométhée, mais je n'aurais pas donné à l'homme ce qui ne devient pour lui un bien ou un mal que d'après des circonstances fortuites, dont je n'aurais pu me rendre le maître. Oui j'ai toujours aimé, j'aime encore, et si je devais vivre toujours, j'aimerais toujours la science. C'est une compagne qui vous console, c'est un but qui vous conduit au Léthé. C'était fini, je ne devais plus connaître cette ambition sublime qui vous montre la science non comme un but, mais comme un moyen. Contrairement au préjugé commun, l'abeille travaille pour travailler, et non avec l'idée bien nette de se préparer des provisions pour l'hiver. Agissant comme elle, j'allais d'année en année, butinant tout ce que l'univers offrait à mes recherches, sans me demander à quoi cela pouvait servir. Je m'étais élancé dans un monde terrifiant, afin de pouvoir m'abandonner à mes rêves ; hélas, les rêves s'étaient dissipés, et il m'était impossible de revenir en arrière.

Le repos, le repos, tel était désormais pour moi le but, la réalité même de l'existence. Je m'épris de la doctrine de ces vieux mystiques selon lesquels le bonheur consiste en une tranquillité immobile, éternelle. Et où trouver cette tranquillité parfaite, sinon dans la solitude absolue ? Je ne m'étonnais plus de voir les hommes de jadis, quand ils étaient hantés par le souvenir d'une faute, imiter les ermites et aller chercher un refuge au désert. La tranquillité, la solitude peuvent seules adoucir les tourments que cause un souvenir odieux ; les peines légères se perdent dans la foule ;

les souffrances cruelles se combattent l'une l'autre jusqu'à extermination, et laissent le champ de bataille devenir un lieu de silence et de paix. Bien des années se passèrent ; bien des fois je changeai de résidence. Toute l'agitation turbulente qu'il y avait en moi, sinon l'inquiétude, avait disparu peu à peu de mon âme. Le temps avait fini par m'endormir dans un sentiment de sécurité ; je respirais plus librement ; parfois même le passé semblait s'effacer tout à fait. Depuis que j'avais quitté Knaresborough, le hasard m'avait procuré à diverses reprises l'occasion d'être utile à mes frères, non par ma science, mais par des actes de charité et de courage, par des actes individuels dont le souvenir me donnait quelque soulagement. Si le grand projet d'être utile au genre humain s'était évanoui, si à une bienveillance disproportionnée avait succédé l'apathie ou le désespoir, du moins l'être humain, personnel tenait encore fermement à mon cœur ; j'étais toujours prompt à la pitié, prompt à prendre le rôle de protecteur, heureux de faire des heureux toutes les fois que les vicissitudes de la vie m'en offraient l'opportunité ; et surtout jamais ma main ne fut fermée à la misère. Hélas ! il n'est pas de démon plus terrible que celui qui entre dans l'âme d'un homme quand la pauvreté est sur le seuil de sa demeure. Un seul acte généreux… que de noirs projets qui cherchaient à s'y faire jour, à prendre corps, sont anéantis par ce bienfait ! À celui qui considère le monde comme un ennemi, prouvez-lui qu'il a un ami, un seul, c'est comme si vous arrachiez le poignard de sa main.

Je me rendis dans une contrée pittoresque et lointaine de ce pays. Walter Lester, je vins à Grassdale. Le paysage enchanteur qui m'entourait, la situation écartée, la paix et la tranquillité de cet endroit me séduisirent à l'instant. C'est ici, me dis-je alors, dans cette vallée que je veux finir ma vie languissante, c'est au milieu de ces tombes si paisibles qu'on creusera la mienne, et que l'on ensevelira pour toujours mon secret avec moi.

Je louai la maison solitaire que vous connaissez, j'y transportai mes livres et mes instruments scientifiques ; je formai de nouveaux projets dans le vaste empire de la science, et un profond repos, qui parfois ressemblait à du bonheur, entoura mon âme comme d'un doux sommeil.

J'étais dans cet état d'esprit, affranchi des souvenirs, ayant renoncé à plonger mon regard dans cet avenir que je connaissais par douze ans de passé, lorsque je vis pour la première fois Madeleine Lester. Dès cette première fois, il me sembla qu'une lumière soudaine et céleste rayonnait sur moi. Sa figure, oui, sa sereine et touchante beauté m'apparaissait comme une vision, mon cœur s'échauffait à sa seule vue, mon pouls lui-même perdait de sa lenteur accoutumée. Je retrouvais ma jeunesse, oui, la jeunesse, la force non seulement de l'âme, mais même du corps. Mais alors je ne pouvais que la voir ou lui parler, je ne l'aimais pas encore ; nos rencontres étaient assez rares. Lorsqu'elles avaient lieu, je croyais sentir autour de moi, pendant tout le reste du jour, la présence d'un esprit bienveillant ; c'était une émotion vive mais délicieuse, tout intérieure ; le vent du sud soulevait les flots noirs de mon intelligence, mais tout se taisait bientôt, et le calme revenait. Deux ans s'écoulèrent depuis le jour où je la vis pour la première fois jusqu'à l'incident qui nous fit connaître l'un à l'autre. Je n'ai pas besoin de le raconter ; nous nous aimions. Mais comment dire les luttes qui se livrèrent en moi pendant le développement de cet amour ? Combien il me semblait étrange que je cédasse à une passion qui me rapprochait de l'espèce humaine ! Plus je l'aimais, plus je sentais croître en moi l'effroi de l'avenir. Ces choses, qui étaient restées profondément endormies, se réveillaient pour reprendre une réalité terrible. Le sol qui couvrait le passé pouvait s'ouvrir, le mort reparaître, et ce gouffre d'où sortait ce fantôme me séparer pour toujours d'elle. Quelle malédiction j'apporterais peut-être à cette charmante créature qui me témoignait tant de confiance ? Souvent, bien souvent je formai la résolution de la fuir, de la quitter, de chercher quelque part dans le monde un désert où je n'aurais plus à craindre d'être trahi par les émotions humaines. Mais comme l'oiseau qui se débat dans le filet, comme le lièvre qui ruse devant le chasseur, je ne faisais que m'agiter sur place en efforts puérils, sous l'influence d'une fatalité toute-puissante. Voyez combien sont étranges les coïncidences qu'amène le destin, le destin qui nous donne des avertissements et nous ôte les moyens d'y obéir, comme un prophète décevant, comme un démon railleur. Le même soir où je connus Madeleine Lester, Houseman que ses projets de fraude et de violence avaient amené dans ce pays, me découvrit et me retrouva. Imaginez ce que je ressentis, lorsque, dans le silence de la nuit, j'ouvris à son appel la porte de ma demeure solitaire, et à la clarté de la lune qui avait été le témoin de ce complot inoubliable, je revis mon complice après tant d'années écoulées. Le temps, et toute une vie de débauche avaient changé, endurci, dégradé tout son être, et je me savais retombé soudain au pouvoir d'un tel homme. Il passa cette nuit sous mon toit. Il était pauvre, je lui donnai tout ce que j'avais sur moi. Il me promit de quitter cette partie de l'Angleterre, de ne plus chercher à me revoir.

Le lendemain je ne pouvais plus supporter mes propres pensées. La secousse avait été trop brusque, elle avait amené un flot trop troublé, trop rapide d'émotions troublantes, d'agitation, de tourments. Pour chercher du soulagement, je me réfugiai dans la maison que m'avait offerte le père de Madeleine. Mais vainement je m'efforçai par le vin, par la conversation, par la présence d'êtres humains, par des services que je leur rendais, de conjurer le spectre qui avait surgi de la tombe ouverte par le temps ; je ne tardais pas à retomber dans mes pensées. Je résolus de m'envelopper une fois de plus dans la solitude de mon cœur. Mais je ne veux pas répéter ce que j'ai déjà dit, en anticipant sur ce qui me reste à raconter. J'avais pris une résolution ; elle était vaine. Le destin avait décidé que la vie de la pauvre Madeleine se flétrirait sous l'ombrage vénéneux de mon amour. Houseman vint de nouveau me trouver ; cette fois il me montra les côtés humiliants du crime, les calculs bas qui y avaient poussé, l'invraisemblance de tout plaidoyer, la vile influence, la sotte hypocrisie qui y apparaissaient : tout cela constituait mon principal châtiment. Il me fallait esquiver, apaiser, acheter ce méprisable scélérat. Il importe peu que vous sachiez comment j'y parvins, je lui donnai à peu près tout ce que je possédais, à condition qu'il quitterait l'Angleterre pour toujours, et ce fut seulement quand je crus qu'il s'était conformé à son engagement, ce fut seulement le jour où je crus qu'il avait quitté l'Angleterre, que je laissai ma destinée s'unir irrévocablement à celle de Madeleine. Fou que j'étais ! comme si les lois pouvaient être un lien plus fort que ne l'était notre amour !

    Bien souvent, quand on commet une faute, on l'expie dans ce que l'âme a de plus élevé par ce qu'elle a de plus bas. Quand j'étais seul, je me plaisais à me laisser porter sur l'aile de la rêverie qui m'entraînait bien loin de la terre, et c'était certes une humiliation atroce que d'être réveillé de cette extase intellectuelle par la nécessité de marchander, de me débattre, d'ergoter sur des livres et des pence avec un homme comme Houseman, afin de sauver ma vie. Voilà les malédictions qui rendent plus cruelle la tragédie de la vie, en écrasant notre orgueil. Mais voici que je reviens à ce que j'ai déjà dit. J'allais épouser Madeleine, j'étais redevenu pauvre, mais je n'aurais point à souffrir de la pauvreté ; j'avais réussi à obtenir la promesse d'un emploi. Pour faire cette demande j'avais dû violenter mon naturel, j'avais fait cette démarche, non avec l'humilité d'un mendiant, mais avec la dignité d'un homme qui réclame ce qui lui est dû, et ma demande avait reçu un accueil inspiré par le même sentiment : J'allais donc être heureux ; je croyais Houseman écarté pour toujours de ma route ; Madeleine serait bientôt à moi, je m'abandonnais de nouveau à l'amour ; ébloui, plein d'illusion, j'allai en avant, et j'ouvris les yeux trop tard ; j'étais au bord du précipice dans lequel je vais tomber. Vous savez le reste. Mais alors quelle ne fut pas mon épouvante ! j'appris tout : ce Clarke était son oncle, et cet homme que j'avais tué en croyant ne détruire qu'une des unités qui composent l'espèce humaine, ce Clarke était le frère de Lester ! Vengeance mystérieuse de la destinée, toujours infaillible et ingénieuse dans ses coups ! Ainsi, au moment même où je me croyais le plus loin d'elle, sa main allait se refermer sur moi, qui étais venu m'y jeter ! Réfléchissez-y, jeune homme, il y a dans cela une morale dont bien peu de prédicateurs peuvent vous parler d'une façon aussi convaincante que moi. Réfléchissez-y. Les cas où les hommes violent les lois particulières sont peu nombreux, comparativement à ceux où ils enfreignent les lois générales. C'est surtout dans ces dernières circonstances que nous

nous berçons de sophismes qui ont l'apparence de vérités. Au point de vue particulier, il m'était aisé de me démontrer à moi-même que je n'avais commis aucun crime ; j'avais fait disparaître de l'univers un homme qui y était nuisible ; la richesse entre ses mains était un danger pour la société, et entre les miennes, elle était une source de bienfaits dont plus d'un profiterait. Au point de vue individuel, l'humanité avait réellement gagné à mon acte. Mais les conséquences générales que je m'étais refusé alors à examiner apparurent ensuite à mes yeux avec une clarté effrayante. Les écailles tombèrent de mes yeux, et je me vis tel que j'étais. Tous mes calculs se dissipèrent instantanément ; car quel avait été le bien que je m'étais proposé de faire, comparé aux maux que j'avais déchaînés sur votre maison ? Votre père était-il ma seule victime ? Et Madeleine, ne l'avais-je pas tuée du même coup ? Lester, n'avais-je pas raccourci le temps qu'il avait à vivre ? Et vous-même ? n'avais-je-pas terni le jeune éclat de votre existence ? Il est impossible de calculer, de mesurer, d'envisager toutes les conséquences d'un crime, même quand nous croyons les avoir pesées dans une balance que ferait pencher le poids d'un cheveu. Oui, auparavant je n'éprouvais pas le remords, mais désormais je le connus : j'avais nié d'avoir commis un crime et désormais le crime me semblait être l'essence même de mon âme. Le Destin de Thèbes, qui avait apparu à l'antiquité comme la plus terrible des fatalités humaines, était devenu le mien. Le crime, – sa découverte, – un désespoir sans remède,... écoutez ma voix : c'est celle d'un homme qui a le pied sur le bord d'un gouffre, dont aucune raison ne peut pénétrer la redoutable nature ; écoutez-moi ; lorsque votre cœur vous suggérera de vous engager dans une route différente de celle que suit la majorité des hommes, et qui leur est prescrite, et qu'il vous murmurera : « Cette action peut être un crime pour un autre ; mais non pour toi », alors tremblez, restez d'un pied ferme, inébranlable sur le sentier dont on cherche à vous écarter. Souvenez-vous de moi.

Et dans cet état d'esprit, il me fallait feindre, user de dissimulation. Si j'avais été seul au monde, si Lester et Madeleine n'avaient point été ce qu'ils étaient pour moi, j'aurais pu taire l'aveu de mon acte et des motifs qui m'y avaient poussé, j'aurais pu convaincre les cœurs humains, j'aurais pu exposer dans tous ses détails la ténébreuse série de déductions et de tentations qui peuvent nous égarer, et faire de nous les instruments de l'ennemi par excellence. Mais tant que leurs yeux étaient attachés sur moi, tant que leurs existences et leurs cœurs étaient suspendus aux chances de mon acquittement, j'avais à lutter contre la vérité, moins pour moi-même que pour eux. C'est à cause d'eux que je ceignis mon âme, c'est à cause d'eux que je devins un misérable impudent, habile, adroit. Mon plaidoyer atteignit son but : Madeleine est morte sans une pensée de défiance à l'égard de l'homme qu'elle aimait. Lester, à moins d'une perfide indiscrétion de votre part, mourra dans la même conviction. À la vérité, depuis que l'art de l'hypocrisie a été employé pour la première fois, l'amour-propre qui fait qu'on persévère dans ce qu'on a commencé pourrait me faire trouver quelque charme à laisser le monde dans cette erreur, ou du moins à lui inspirer quelque doute. C'est pour vous que je surmonte ce désir, dernière faiblesse d'un orgueilleux.

Maintenant mon histoire est achevée. Je ne lèverai pas le voile sur ce qui en ce moment même se passe dans mon cœur. Qu'importe qu'il y règne le désespoir, ou l'espérance, ou des émotions terribles, ou une tranquillité plus terrible encore ? Mes derniers moments ne donneront point un démenti à mon existence ; sur le bord même du gouffre je ne ferai point le poltron, je ne tremblerai point devant le sombre Inconnu. La soif, le rêve, la passion de ma jeunesse vit encore ; je brûle de connaître les obscurs et sublimes mystères que proclame la mort. Peut-être ai-je une vague espérance : peut-être l'Esprit immense et invisible dont j'ai nourri et adoré en moi l'émanation, quoique je lui aie rendu un culte d'erreur et de vanité, pourra voir dans cette créature tombée un être égaré par sa raison et non un méchant qui a cédé à des vices. Le guide que j'ai reçu du ciel m'a déçu et je me suis perdu, mais je n'ai point couru tête baissée de crime en crime. À côté d'une action coupable, quelques bonnes œuvres et bien des souffrances peuvent avoir leur poids ; dans le séjour obscur et lointain qui me sera assigné, je pourrai peut-être contempler dans sa demeure glorieuse la figure maintenant immobile de celle qui m'a appris à aimer, et qui même en ce séjour connaîtrait à peine le bonheur si elle ne pouvait répandre sur moi la lumière de son divin pardon. J'en ai dit assez. Lorsque vous romprez ce sceau, mon sort depuis longtemps n'appartiendra plus à l'humanité, ni à la terre. Les désirs dévorants que j'ai connus, les splendides visions que j'ai contemplées, les aspirations sublimes qui souvent m'ont élevé au-dessus des choses sensibles et matérielles, tout cela parle en moi et me dit que je suis l'essence de quelque chose d'immortel, la créature de Dieu. Comme les sages d'autrefois ramenaient leur manteau sur leur face et rassemblaient leur énergie pour mourir, je m'enveloppe dans la paisible résignation d'une âme ferme jusqu'à la dernière minute, n'attendant pas même que la vengeance humaine me fasse quitter ce monde à sa manière. J'ai dirigé de ma propre main le marche de ma vie ; ma main aussi déterminera l'heure et le genre de ma mort.

Le lendemain du soir où Aram avait remis à Walter Lester la confession que nous venons de reproduire, était le jour fixé pour l'exécution. Lorsqu'on entra dans le cachot du prisonnier, on le trouva étendu sur son lit ; on s'approcha pour lui enlever ses fers ; et on remarqua qu'il était complètement inerte et ne répondait pas à l'appel de son nom. On essaya de le relever ; il murmura quelques mots d'une voix mourante. On vit alors qu'il était inondé de sang. Il s'était ouvert les veines du bras en deux endroits au moyen d'un instrument aigu qu'il était parvenu à cacher depuis quelque temps. Un chirurgien fut mandé en toute hâte, il employa les procédés usités en pareils cas, et réussit aussi à rendre une sorte de vie au blessé. On était résolu à ne point priver la loi de sa victime, et on l'emporta inconscient, selon toute apparence, de ce qui se passait autour de lui, au lieu de l'exécution. Mais lorsqu'on fut arrivé à cet endroit terrible, il parut revenir soudain à lui-même ; il jeta un regard rapide sur la foule qui ondulait et murmurait au-dessous de lui ; une faible rougeur s'étendit sur ses joues ; il releva les yeux d'un air impatienté, il respira d'une manière pénible et convulsive. Les funèbres préparatifs étaient terminés, le prisonnier eut un moment en arrière : était-ce un mouvement d'effroi ? Il fit signe au clergyman d'approcher, comme s'il avait quelque confidence à lui faire. Le ministre obéit, baissa la tête, et ce fut alors une interruption terrible. Aram semblait chercher péniblement les mots, et les prononcer avec effort, quand soudain sa tête se redressa d'un air triomphant, dont toute sa physionomie parut illuminée. En même temps que se dessinait ce fier sourire, le dernier souffle s'envola sur ces lèvres hautaines, et la suprême infamie qu'inflige la loi fut accomplie sur un cadavre.

Parfois à la fin d'un jour sombre, le soleil qui ne s'était laissé qu'entrevoir à travers le brouillard, perce tout à coup ce rideau et répand comme un sourire sur le paysage. Alors sous vos yeux, qui pendant les nuages et la tristesse du jour n'avaient cherché que les traits principaux, les plus saillants du panorama, vos yeux qui avaient été arrêtés par quelque colline baignée de gris, ou quelque clocher aigu, se dessinent les détails les moins frappants mais qui n'en ont pas moins de charme. C'est à ces derniers plutôt qu'au reste de la nature que le soleil donne ses teintes les plus douces et les plus riches, c'est ainsi qu'ils laissent en notre esprit comme un sentiment de reconnaissance, et nous consolent de l'aspect si funèbre et mélancolique du jour par cette lumière du crépuscule prochain, qu'ils reçoivent et dispersent en tous sens.

Il en est de même dans le présent récit. Il ne se poursuit pas, il ne s'achève pas dans des scènes de trouble et de chagrin ; à mesure qu'il avance, il reçoit déjà quelques faibles rayons.

Quelques années après le dernier événement que nous avons raconté, et par une belle journée du charmant mois de mai, un cavalier parcourait la rue longue et tortueuse qui forme le village de Grassdale. C'était déjà un homme fait, quoiqu'il fût encore dans toute la fleur de la jeunesse ; car il n'avait encore que vingt-huit ans ; il avait dans la physionomie cet air sérieux et ferme qui annonce qu'on a vu le monde et qu'on l'a vu beaucoup. Son œil vif, mais calme, ses traits réguliers et agréables malgré le hâle qui les couvrait, avaient quelque peu perdu de leur rondeur soit par suite des fatigues ou de la réflexion, ou des soucis ; les joues s'étaient légèrement creusées ; les traits, assez fortement dessinés, avaient une expression grave, parfois mélancolique, mais douce. En ce moment, comme son cheval parcourait lentement une ruelle verdoyante, qui à chaque instant ouvrait une nouvelle perspective sur de riches et fertiles vallées, sur la rivière scintillante, sur quelque verger où achevaient de mûrir les parfums du printemps, son visage perdit l'expression calme qui lui était habituelle, et montra qu'alors des souvenirs s'étaient vivement réveillés et agités en lui. Le costume du cavalier n'était pas celui du pays, et à cette époque où les professions avaient chacune son uniforme, ce costume était d'un caractère assez marqué pour faire reconnaître en lui un homme voué à l'état militaire. Et ce costume lui allait certes fort bien, grâce à une courte moustache noire ; il laissait deviner une poitrine puissante et musculeuse ; les membres étaient longs, et ces deux dernières qualités étaient fort appréciées à la cour du Grand Frédéric, au service duquel il s'était engagé. Il avait commencé sa carrière à la bataille qui avait eu pour issue la défaite complète de l'audacieux Daun, alors que la fortune de ce vaillant général pâlissait déjà devant l'étoile du plus grand des rois modernes. La paix de 1763 avait laissé la Russie jouir tranquillement de ce que la guerre lui avait donné, et le jeune Anglais avait profité des loisirs que cette situation lui procurait pour voir le reste de l'Europe, non en soldat, mais en voyageur.

Les aventures et les distractions des voyages lui plaisaient, si bien qu'il se demandait à ce moment même s'il ferait en Angleterre un long séjour ou s'il l'abrégerait. Il y avait moins d'une semaine qu'il était arrivé, et il s'était rendu en toute hâte dans cette partie de son pays natal.

Il ralentit l'allure de son cheval, dès qu'il eut vu se balancer l'enseigne qui annonçait l'auberge hospitalière tenue par Peter Daltry. Sous l'ombre protectrice d'un arbre élevé, dont les bourgeons s'étaient épanouis en feuilles du vert le plus tendre, était assis un voyageur à pied qui jouissait de la tranquillité et de la fraîcheur de cet abri. Notre cavalier jeta un regard sur la porte ouverte qui permettait de voir toute l'activité d'un ménage : des femmes allaient, venaient et disparaissaient. Bientôt il vit l'aubergiste lui-même, le vieux Peter, sortir à petits pas et engager la conversation avec le voyageur installé sous l'arbre. Peter Daltry n'avait guère changé depuis que le jeune homme l'avait vu pour la dernière fois ; il était un de ceux qui ne changent guère : en prenant de l'âge, il avait peut-être perdu un peu de sa hauteur et de sa grosseur, comme si le temps aimait mieux user peu à peu notre individu que d'en détacher par violence des fragments.

Le cavalier passa quelques instants à contempler ce tableau, mais voyant que Peter lui rendait ses regards, il détourna la tête, et mettant son cheval au trot, il ne tarda pas à être à bonne distance du Chien pommelé.

Cette fois il arrivait dans le voisinage d'une autre vieille connaissance de ses jeunes années, un caporal qui avait pris sa retraite à la campagne. Il revit le vieux soldat appuyé à la barrière qui servait d'enclos à son cottage, une béquille sous un bras, sa pipe favorite au coin des lèvres toujours malicieuses ; c'était bien le caporal, en personne. Perché sur les traverses de la barrière, dans un demi-sommeil, les oreilles ramenées contre la tête, les yeux fermés, se voyait un chat : pauvre Jacqueline ! Non, ce n'était plus Jacqueline ; la mort n'épargne ni les rois ni les chats, mais tes vertus étaient passées dans ton petit-fils. Et comme l'âge mène au radotage, ton petit-fils était aimé plus que toi-même du digue caporal. Puisse ta race, ô Jacqueline, durer longtemps ! À cette heure elle n'est point encore éteinte, la nature frappe rarement de stérilité la gent féline ; elle l'a faite essentiellement pour l'amour et pour les doux soucis de l'amour, et la dynastie du chat dépasse en durée une dynastie impériale.

Au bruit des fers à cheval, le caporal tourna la tête, regarda longuement et attentivement le cavalier, qui ralentissait son allure, et mettant son cheval au pas, s'approchait de la barrière.

– Grand Dieu ! murmura le caporal, pour un bel homme, voilà un bel homme ! il est de ma taille ou peu s'en faut.

Un sourire, mais un sourire languissant parut sur les lèvres du cavalier, pendant qu'il considérait le digne caporal.

– Il me lorgne de près, se dit celui-ci. Cependant il n'a pas l'air de me reconnaître. Il faut que j'aie diantrement changé. C'est bien heureux après tout, je suis maintenant bien aise d'aller et de venir sans me faire remarquer.

Le cavalier tomba dans une rêverie profonde, qu'interrompit enfin le murmure du ruisselet ensoleillé qui, en heureux enfant gâté de la Nature, s'escrimait contre le moindre des obstacles qu'il rencontrait en son chemin. Ce murmure résonnait aux oreilles du voyageur comme une voix familière depuis l'enfance à son oreille. Que cette voix était douce et chère ! Nul air de musique, aucune de ces mélodies qui vous hantent à jamais, n'avait évoqué en lui un torrent de souvenirs aussi nombreux, aussi pressés que le simple chant de ce ruisseau, au bavardage, au mouvement infatigable, éternel. Éternel !... tout avait changé : des arbres avaient poussé, d'autres arbres avaient péri. Plusieurs cottages du pays n'étaient plus que des ruines ; d'autres cottages neufs, aux physionomies inconnues, avaient surgi à leur place. Et sur l'étranger lui-même, sur tous ceux que lui rappelait ce gazouillement, le Temps avait accompli son œuvre, mais le ruisselet bondissait toujours, il avait toujours ce chant joyeux et plein d'entrain. Que dans des siècles, cette course conserve toute sa folle gaîté, ce murmure bienveillant ! ce sont des choses bénies, ces ruisseaux écartés qui ne changent pas. Ils nous inspirent le même amour que s'ils étaient des créatures vivantes ; il y a quelque part dans le monde un coin verdoyant que moi-même je ne revois jamais sans verser des larmes involontaires ; larmes que je ne céderais pas contre la rançon d'un roi ; larmes que nul autre son, nulle autre scène ne saurait faire jaillir de leur source ; larmes où s'épanchent une affection, un tendre regret que moi seul je connais, et qui font de moi pendant plusieurs jours de suite un être meilleur.

Le voyageur, après s'être arrêté quelques instants, se remit en marche et arriva bientôt en face du vieux manoir. Le jardin avait fini par disparaître sous les herbes sauvages ; la haie verdie de mousse était brisée en maints endroits ; la maison elle-même était close ; le soleil glissait le long des volets, sans trouver d'ouverture pour pénétrer dans cet intérieur désolé. À une certaine hauteur au-dessus de la porte jadis si hospitalière, était fixée une planche sur laquelle une inscription annonçait que la maison était à vendre, et informait les visiteurs ou les spéculateurs que pour cela il fallait s'adresser à tel avoué d'une ville voisine. Le cavalier poussa un profond soupir et se dit quelques mots à demi-voix, puis se détournant pour suivre la route qui conduisait à la porte de derrière, il arriva dans la cour, conduisit son cheval dans une écurie vide, traversa les dépendances à demi-effondrées, s'arrêtant à chaque instant, et se disant quelques phrases mélancoliques sur ces continuels changements qui défigurent toutes choses. Une vieille femme, qui lui était inconnue, était la seule habitante de la maison ; elle s'imagina qu'il se présentait pour l'acheter ou tout au moins pour la visiter : aussitôt elle se mit à en faire l'éloge, tout en se lamentant de la montrer dans un tel état de dégradation. Notre voyageur l'écouta d'une oreille distraite, mais quand il fut entré dans une certaine chambre, qu'il ne voulait visiter que la dernière, – c'était le petit salon où la famille se réunissait d'ordinaire, – il se laissa tomber dans le fauteuil qu'occupait toujours le vénérable Lester, et, cachant sa figure dans ses mains, il resta quelque temps immobile, sans rien regarder. La vieille femme le contemplait avec surprise.

– Peut-être que monsieur connaissait la famille ? dit-elle, on avait pour eux beaucoup d'affection.

Le voyageur ne répondit pas, mais en se levant, il dit à voix basse, comme s'il s'adressait la parole à lui-même :

– Non, il ne faut point tenter l'expérience : je sens qu'il me serait impossible de vivre ici, il faut que cela soit, il faut que la maison de mon père passe entre des mains étrangères.

En faisant tout haut cette remarque, il se hâta de sortir de la maison, retourna au jardin, ouvrit une petite porte délabrée qui se balançait sur ses gonds rouillés, et qui conduisait dans les verts et tranquilles refuges des morts. Ce même caractère si touchant, cet air de profond repos que l'on remarque dans la plupart des cimetières rustiques, et qui était plus frappant en celui-là qu'en tout autre, inspira à l'esprit du jeune homme des pensées auxquelles ne se mêlait plus aucun regret.

Il franchit les tertres incultes qui recouvraient les restes des morts pauvres, et s'arrêta, auprès d'une tombe plus haute, mais sans aucun orgueil prétentieux ; elle n'était pas encore flétrie par les rosées et les saisons ; la courte inscription qu'elle portait était restée parfaitement lisible, surtout en la comparant à celles des tombes d'alentour. Elle contenait ces mots :

Rowland Lester
décédé en 1769, à l'âge de 64 ans.
Heureux ceux qui pleurent, parce qu'ils
seront consolés !

Le voyageur passa quelque temps dans une contemplation tranquille à côté de cette tombe, et quand il se retourna, la teinte hâlée de ses joues avait disparu, ses regards étaient troubles ; on ne retrouvait plus chez lui le pas élastique du jeune homme dans tout l'éclat de sa force, on ne retrouvait plus cette hardiesse d'attitude que donne l'état militaire.

Comme il relevait les yeux, il aperçut à quelque distance, à travers la verdure tendre du printemps, une maison grise et solitaire. La cheminée n'exhalait plus de fumée ; l'aspect de cet édifice était morne, farouche, désolé, comme dans celle qu'il venait de quitter ; on eût dit que la même malédiction qui avait frappé une des demeures était restée attachée à la seconde. Le voyageur donna un regard hâtif à cette maison solitaire et éloignée, puis il se mit en route en hâtant le pas.

Lorsqu'il rentra dans l'écurie, le voyageur y trouva le caporal qui examinait le cheval des pieds à la tête avec une attention minutieuse.

– De bons sabots, disait l'homme en laissant retomber un des pieds de devant ; alors il se retourna et, non sans quelque confusion, il se trouva en face du possesseur de ce coursier auquel il venait de faire subir un examen consciencieux.

– Oh ! dit-il, je regardais la bête, oui, monsieur, pour m'assurer qu'elle n'avait point perdu quelque fer. Et puis je me disais que monsieur aurait peut-être besoin de quelqu'un d'intelligent pour lui faire voir la maison et les dépendances, si vous êtes venu pour l'acheter ; il n'y a ici qu'une vieille femme. Je me permets de croire que monsieur n'aime guère les vieilles femmes.

– Le propriétaire n'est point dans le pays ? dit le cavalier.

– Non, monsieur, il a passé la mer. C'était un beau jeune homme, ma foi, et… et… que Dieu me bénisse. Non, ça ne peut pas être… oui, oui, tournez-vous à présent… Mais c'est mon jeune maître !

En disant ces mots, le vieux caporal, dans un élan affectueux, s'avança vers le voyageur, lui prit la main et la baisa.

– Ah ! monsieur, nous serons bien aises, je vous le jure, de vous revoir après tout ce qui s'est passé. Mais maintenant tout est oublié, il n'en reste plus de trace. Pauvre mademoiselle Éléonore ! comme elle sera contente de revoir monsieur. Ah ! elle a bien changé assurément.

– Changé ! oui, je n'en doute pas. Mais est-ce qu'elle a l'air de se mal porter ?

– Non, monsieur ; quant à ça, vous verrez qu'elle a encore de quoi vous séduire, dit le caporal, en se passant la langue sur les lèvres ; je l'ai vue la semaine dernière, quand je suis allé à ***, car vous savez, je suppose, que c'est là qu'elle demeure toute seule dans une petite maison avec une barrière couverte de plantes grimpantes, et un marteau de bronze à la porte ; c'est au bout de la ville, avec une belle vue sur les collines de ***, tout en face. Oui, monsieur, je l'ai vue et je l'ai trouvée diantrement belle, quoiqu'elle eût un peu maigri. Mais au bout du compte, elle a bien changé.

– Comment ? en mal ?

– En mal, oui, monsieur, pour sûr, répondit le caporal en prenant un air mélancolique et plein de sous-entendus. Elle donne dans la religion. Voyez-vous ça ? Des bêtises, quoi…

– Ce n'est que cela ? répondit Walter soulagé, avec un léger sourire. Et elle vit toute seule ?

– Tout à fait seule, la pauvre jeune dame, comme si elle avait pris son parti de mourir vieille fille, et pourtant je sais bien qu'elle a refusé le squire Knyvett de la Grange ; peut-être qu'elle attend votre retour, dame !

– Faites sortir le cheval, Bunting. Mais non, attendez, je suis fâché de vous retrouver avec une béquille ; d'où vient cela ? Avez-vous éprouvé un accident ?

– Non, monsieur, ce n'est que du rhumatisme ; ça peut attaquer les plus jeunes comme les autres. Je n'ai jamais été bien ingambe depuis un certain temps ; mais ça ira mieux l'année prochaine, j'en suis sûr.

– Je l'espère aussi, Bunting. Et vous dites que miss Lester vit toute seule, n'est-ce pas ?

– Oui, mais comme elle donne dans la dévotion, les pauvres la vénèrent au dernier point. Elle fait du bien de tous les côtés ; tenez, à moi, elle m'a donné une demi-couronne, monsieur, c'est une excellente jeûne dame ; elle a si bon cœur !

– Je vous remercie, je peux serrer les courroies, oui comme cela. Tenez, Bunting, voilà pour vous souvenir de votre ancien camarade.

– Bien obligé, monsieur, vous êtes trop bon..., vous avez toujours été comme ça. Mais maintenant j'espère que monsieur viendra demeurer ici : ça égaiera de nouveau l'endroit.

– Non, Bunting, je crains que cela ne soit pas possible, dit Walter en éperonnant son cheval pour franchir la porte de la cour, et bonjour.

– Ah ! mais, dit le caporal en faisant un effort qui le mettait hors d'haleine pour rejoindre le jeune homme, si c'est décidé que je ne dois plus revoir, c'est une affaire importante qui me regarde. Vous vous rappelez la promesse que vous m'avez faite, au sujet de ce champ de pommes de terre ? L'intendant, maître Bailey, que le diable l'emporte, il l'a tout à fait oublié.

– Toujours le même, notre Bunting, n'est-ce pas ? Eh bien, soyez tranquille, j'y donnerai ordre.

– Que Dieu bénisse votre bon cœur, monsieur, je vous remercie, et... et..., reprit le caporal en mettant la main sur la bride, monsieur avait bien voulu ajouter que je ne paierais pas de loyer pour ce petit bout de terre. Vous savez, monsieur, continua-t-il avec un sourire, il peut se faire que je prenne femme un jour ou l'autre, que j'aie une nombreuse famille, et payer un loyer ne nous mettrait guère à l'aise, n'est-ce pas ?

– Lâchez ma bride, Bunting, et regardez-vous comme exempt de payer un loyer.

– Oui, monsieur, et…

Mais Walter avait pris un trot rapide, de sorte que le caporal en fut pour ses frais, et ses nouvelles demandes se perdirent en l'air.

– Tout de même j'ai fait de bonne besogne, se dit-il en manière de consolation. Quel blanc-bec que ce garçon-là ? Jamais il ne connaîtra le monde, non.

Walter chevaucha deux heures sans ralentir son allure, et au bout de cette course, à la descente d'une petite colline, il se trouva tout près d'une petite ville d'aspect champêtre. Le soleil en éclairait encore l'unique clocher, ainsi que l'unique rue, longue et droite, avec des jardins qui s'étendaient, suivant la bonne vieille coutume, en arrière de chaque maison. Çà et là d'autres cottages étaient dispersés ; on eût dit qu'ils regardaient curieusement à travers les interstices de la verdure qui les cachait, et qui se couvrait déjà des fleurs du jeune printemps. Il entra dans la cour de la principale hôtellerie, et donnant à un domestique la bride de son cheval, il s'informa, d'un ton qu'il croyait indifférent, de l'endroit où était située la demeure de miss Lester.

– Jean, dit l'hôtelière (car il n'y avait pas d'hôtelier) en appelant un jeune garçon d'environ dix ans, dépêche-toi, et va montrer au gentleman où demeure cette bonne dame, et… attendez, monsieur voudra bien m'excuser pour un moment, juste le temps d'aller chercher le bouquet que tu as coupé pour elle ce matin. Elle aime les fleurs. Oh ! monsieur, quelle excellente personne que cette jeune demoiselle Lester ! reprit l'hôtelière, quand l'enfant fut revenu avec le bouquet, elle est si charitable, si douce, si prévenante pour tout le monde ! L'adversité, à ce qu'on dit, adoucit le caractère à certaines gens, mais elle a dû être toujours bonne. Et puis si religieuse, voyez-vous, malgré sa jeunesse. Oui, que Dieu la bénisse : c'est ainsi que tout le monde doit dire. Mon petit Jean... monsieur, il n'a pas encore onze ans, il les aura au mois d'août prochain, c'est un petit garçon plein d'esprit, il ne l'appelle que sa bonne fée. C'est toujours comme cela que nous la nommons ici. Viens, Jean, c'est très bien comme ça. Vous vous arrêtez pour dîner, monsieur ? Faut-il tuer un poulet ?

La demeure de miss Lester était située à l'autre bout de la ville. C'était la maison où son père avait passé ses derniers jours, elle avait continué à l'habiter, quand il lui avait laissé par sa mort un petit revenu, et Walter, alors à l'étranger, avait trouvé moyen de lui persuader de l'accroître quelque peu. C'était une petite construction isolée de tous les côtés, à peu de distance de la route ; Walter s'arrêta quelques instants devant la porte du jardin, et regarda autour de lui avant de suivre son jeune guide ; celui-ci franchit en courant l'allée sablée qui conduisait à la porte d'entrée ; alors il tira la sonnette et demanda si miss Lester était chez elle.

Le jeune homme fut laissé seul quelques instants dans un petit salon ; il en fut bien aise, car il lui fallait le temps de se remettre de l'émotion violente que lui causait le passé, dont les souvenirs l'assaillaient en foule. Puis... ce fut Éléonore elle-même qu'il eut devant les yeux. Changée, elle l'était certainement : la fillette s'était épanouie en une belle jeune fille. Changée, elle l'était sans doute : l'élan n'animait plus son pas auquel jadis l'espérance donnait une rapidité élastique. La vivacité de ses yeux noirs jadis si mobiles s'était atténuée en un éclat doux et calme ; la richesse de son teint avait fait place à une nuance éclatante, quoique d'un charme égal, et nous ne saurions mieux faire que de la décrire ainsi :

Et les années s'étaient écoulées, quand ils se revirent.
Depuis cette époque le vent avait balayé les fleurs ;

Sur sa joue fraîche s'étendait une teinte plus pâle ;
On eût dit que la rose blanche avait vaincu la rose rouge.
Désormais elle ne s'élançait plus d'une course triomphante ;
Léger, son pas l'était toujours, mais non sans quelque langueur.
Désormais son esprit ne franchissait plus les obstacles ;
Elle restait immobile, comme Hébé, répandant autour d'elle ses sourires.

– Éléonore, dit Walter d'un ton mélancolique, nous nous retrouvons enfin !

– Cette voix, cette figure !... mon cousin... mon cher, mon bien cher Walter.

Toute réserve, toute conscience avait disparu dans le plaisir de ce moment. Éléonore appuya sa tête contre l'épaule de Walter, et sentit à peine le baiser que celui-ci déposa sur les lèvres de sa cousine.

– Vous avez été absent bien longtemps, dit Éléonore d'un ton de reproche.

– Mais ne m'aviez-vous pas dit vous-même que le coup qui avait frappé votre maison avait chassé de votre âme toute pensée d'amour, nous avait séparés pour toujours ? Mais qu'était pour moi l'Angleterre, et la maison, sans vous, Éléonore ?

– Ah ! dit Éléonore en reprenant possession d'elle-même, pendant qu'une pâleur visible succédait à la rougeur de plaisir qui avait envahi ses joues, ne faites pas revivre le passé. Pendant de longues années que j'ai vécu dans la solitude et la désolation, je me suis efforcée d'échapper à ces sombres souvenirs.

– Vous parlez sagement, ma chère Éléonore, mais aidons-nous mutuellement à atteindre ce but. Nous sommes seuls au monde, unissons nos destinées. Jamais dans tout ce que j'ai vu et éprouvé, – soit dans la veillée au camp pendant les nuits étoilées, soit dans la splendeur des cours, ou dans les bocages ensoleillés de l'Italie, ou dans les noires forêts du Hartz, jamais je n'ai cessé de songer à vous, ma chère cousine. Voire image s'est entrelacée d'une manière indissoluble à tout mon idéal de bonheur et de foyer, d'avenir tranquille et paisible. Et maintenant que me voilà de retour, et que je vous vois, combien vous avez changé, mais pour devenir plus charmante ! Ah ! ne nous séparons plus. Un consolateur, un guide, un soutien, un père, un frère, un époux… mon cœur me dit tout bas que je pourrais être tout cela pour vous.

Éléonore détourna la tête ; mais son cœur débordait. Les années de solitude qu'elle avait vécues depuis leur dernière entrevue reparurent devant elle. La seule image vivante qui se fût mêlée pendant ces années au souvenir de ceux qui étaient morts, c'était celle de l'homme qui était à genoux devant elle, son seul ami, son seul parent, son premier et unique amour. Dans l'Univers entier il était le seul avec lequel elle pût parler du passé, en qui elle pût trouver le repos de ses affections brisées mais toujours vivantes. Et Walter reconnut à cette rougeur, à ces larmes, qu'il était resté l'objet du souvenir, l'objet de l'amour, et qu'enfin sa cousine était à lui.

. . . .
. . . .
. . . . . .

ÉPILOGUE

– Avant de terminer, dit mon ami, à qui j'avais montré les pages qui précèdent, avant de finir, il faut conclure suivant les règles orthodoxes de la bonne vieille méthode ; il faut nous dire quelques mots sur le destin des autres personnages qui ont figuré dans votre récit. Parlez nous d'abord de ce scélérat, de Houseman.

– Il est vrai que l'enchaînement mystérieux des choses humaines avait laissé échapper ce vilain personnage alors qu'il avait retenu et condamné son complice, une créature d'un ordre plus élevé, qui avait fini par le repentir. Mais quoique Houseman n'ait point péri de mort violente, bien qu'il soit mort dans son lit, comme les honnêtes gens, nous aurions peine à croire que son existence n'ait pas été elle-même sa punition. Il vécut dans un isolement complet, gagnant sa vie à teiller du lin. La populace essaya maintes fois de le mettre à mort, car il était pour tous un objet de haine et d'horreur, et même dix ans plus tard, quand il mourut, il fallut l'enterrer secrètement, au milieu de la nuit, car la haine de tous lui survécut.

– Et le caporal, a-t-il fini par un mariage tardif ?

– L'histoire parle d'un certain Jacob Bunting auquel sa femme, plus jeune que lui de beaucoup d'années, joua maints tours pendables avec le jeune curé de la paroisse, le dit Jacob Bunting n'ayant pas l'ombre d'un soupçon au sujet de ce qui se passait ; du reste il faisait beaucoup rire ses voisins et ses connaissances en se vantant de savoir vendre la volaille au révérend et de la lui faire payer beaucoup plus cher qu'au marché. – Ma petite Bessy, disait-il à sa femme, tu as un mari qui sait son affaire.

– Bon, voilà Walter marié à sa cousine, mais vous n'avez pas tout dit. Est-ce qu'ils retournèrent habiter le vieux manoir ?

– Non, les souvenirs qui ne sont associés qu'à des objets simplement affligeants perdent peu à peu de leur amertume, et sanctifient les lieux qu'ils hantent, mais il n'en est pas ainsi des souvenirs enchaînés à des événements qui inspirent l'horreur, l'effroi, parfois même une sorte de honte. Walter vendit la propriété, non sans éprouver des regrets fort naturels ; après son mariage, il voyagea quelque temps au loin avec Éléonore, mais il finit par s'établir en Angleterre, où il adopta un genre de vie actif ; il laissa à sa postérité un nom qu'elle porte encore avec honneur, et à son pays le souvenir de quelques services qui ne seront pas oubliés.

« Mais il garda toujours l'impression sombre et terrible que les événements avaient faite sur son âme, et cette impression exerça la plus puissante influence sur ses actes, dont elle devint le motif. En toute circonstance, en toute tentation, il voyait se lever devant lui le destin de cet être si brillamment doué, si noble sous tant de rapports, si bien formé pour être grand en bien des choses, et qu'un crime avait anéanti, pendent qu'il raisonnait profondément sur la vertu. Ce destin lui révélait les plus noirs mystères de notre nature, les vraies bases de la morale, lui enseignait deux choses à la fois, – d'abord l'art de se tenir en garde contre lui-même, et ensuite la bienveillance envers autrui. Il savait depuis cette époque que le criminel n'est pas absolument mauvais, que l'ange qui habite en nous n'en sort pas facilement, qu'il survit à la faute, que dis-je, à bien des fautes, et nous laisse parfois dans l'étonnement à la vue de ces traces de bien qui persistent autour du cœur des scélérats les plus endurcis.

– Maintenant, dit mon ami, je suis satisfait, et voilà votre récit terminé selon les règles de l'art.